Der Flug der Eule

von

Karl-Heinz Haselmeyer

Die schrecklichen Bilder aus der Ukraine holten Erinnerungen aus meiner Kinderzeit wieder ins Gedächtnis. Zerbombte Häuser sind sich so ähnlich, sie verlieren ihr regionales Kolorit. Wahrscheinlich haben die Ruinen in ukrainischen Städten auch den spezifischen starken Geruch, der sich mir aus Kindertagen eingeprägt hat und den ich nie vergessen werde.

Die frühen Jahre meiner Kinderzeit waren noch unbeschwert, doch dann wurde das friedliche Spiel im Sandkasten abgelöst von damals noch unverständlichen und ängstlichen Reden der Erwachsenen. Auch unsere Spiele veränderten sich. Wir spielten Soldaten und die Stimmung in der Kinderschar wurde aggressiver. Was kann sich ein kleines Kind schon vom Krieg vorstellen, im Krieg wird gekämpft, das hatten wir mitbekommen und der Stärkere kann dann bestimmen, also wurde unser Sandkasten zu einem kleinen Schlachtfeld. Dass Krieg sehr bedrohlich sein kann, merkten wir, als dann die erste Bombe fiel.

Ich erinnere mich an den dunklen Hausflur, in den ich mich mit meiner Schwester zurückgezogen hatte, die Eltern und Großeltern, Onkel und Tante feierten einen Geburtstag und ließen sich nicht stören. Wir hatten Durchsagen im Radio gehört über den Anflug feindlicher Flugzeuge und waren verängstigt. Die Erwachsenen wollten aber davon nichts hören und sagten: „Göttingen ist eine Universitätsstadt, wir werden nicht bombardiert." Dann kam Alarm und das Brummen der Flieger war schon deutlich zu vernehmen. Als die erste Explosion zu hören war, schreckte das auch die Feiernden auf, es blieb aber keine Zeit mehr einen Luftschutzbunker aufzusuchen. Wir liefen in die Waschküche im Keller des Hauses. Dann wurde es gleißend hell, wir purzelten durcheinander, gefolgt von dem lauten Krachen der Explosion. Die Waschküchentür mitsamt Steinen der Mauer war herausgerissen, wir wagten uns nicht heraus. Als es ruhig blieb, spähte jemand aus der Haustür und rief: „Vor dem Haus liegt ein Blindgänger!" Etwas später stellte sich heraus, es war nur ein Dachfenster. Es dauerte nicht lange, da wussten wir, es war ein sehr gezielter Angriff auf die Gasversorgung und eine Bombe hatte den großen Gasbehälter, weniger als 500 Meter von uns entfernt, in die Luft gesprengt. Ein Haus auf dem Gelände neben dem Gasbehälter war völlig zerstört und es wurde gesagt, dort habe niemand überlebt. Es waren Fremdarbeiter, die dort untergebracht waren, alles junge Leute aus Belgien und den Niederlanden.

Eines Tages, Tage bevor mein Vater in der Baracke der polnischen Fremdarbeiter, in der er sich vor den Nazis versteckt hatte, verhaftet und abtransportiert wurde, hörten wir ferne dumpfe Explosionen. Wir eilten zum Schlafzimmerfenster und sahen in Richtung Kassel eine große pulsierende Glutglocke. Wir hörten die fernen Explosionen und sahen in dem blutroten Schein das Aufleuchten der Explosionen. Wir wussten, dort wird die Stadt Kassel zerstört, und dachten an die armen Menschen, die diesem mörderischen Angriff

4

ausgesetzt waren. Wir hielten uns eng umschlungen und weinten bitterlich. Ich weiß nicht mehr, wie viel Zeit zwischen diesem Bombenangriff auf Kassel und dem ersten größeren Angriff entlang der Göttinger Bahnstrecke lag, an der wir ja nahebei wohnten. Eingebrannt hat sich, dass bei Alarm alle Bewohner unseres Hauses über die Straße liefen zu dem dortigen Bunker. Wir hatten schon alle den Schutzraum erreicht, bis auf meine Großmutter, die etwas zu spät kam und nicht so schnell laufen konnte. Als die erste Bombe fiel, kam meine Oma zu Fall, der Luftschutzwart wollte die Bunkertür schließen und ich schrie und trat nach seinen Beinen. Vielleicht wollte er auch noch nicht ganz schließen, denn er machte einige hastige Schritte meiner Oma entgegen und half ihr auf. Kaum war der Bunker geschlossen, hörten wir das hässliche Pfeifen der Bomben und dann bebte der Bunker von den dumpfen Explosionen. Die Dauer des Angriffs konnten wir kaum ermessen, es ging sehr schnell und dauerte gefühlt ewig, bis die

Einschläge sich entfernten und schließlich Ruhe einkehrte. Dann kam Entwarnung und die Erleichterung, dass unser Haus nicht getroffen wurde.

An einem der folgenden Tage ging meine Mutter mit meiner Schwester und mir in Richtung des Güterbahnhofes, dort waren Häuser getroffen worden und meine Mutter hoffte in den Trümmern etwas Holz zum Kochen auflesen zu können. Wir Kinder sahen ein Flugzeug, das über der Stadt kreiste und sich wieder entfernte. Wir sagten unserer Mutter: „Das war wohl ein Aufklärer und es werden wieder Bombenflugzeuges kommen." Unsere Mutter war erpicht darauf Holz zu finden und hörte nicht auf uns, da lief meine vier Jahre ältere Schwester mit mir einfach weg in Richtung Bunker und unsere Mutter folgte uns notgedrungen. Noch unterwegs gab es Alarm, wir erreichten den Bunker knapp, und als wir vor der Bunkertür noch einmal hochschauten, sahen wir die Flugzeuge eines großen Bomberverbandes schon recht nah. Dann kam ein Angriff, der alles Bisherige in den Schatten stellte. Es herrschte ein ohrenbetäubender Lärm. Das Licht verlöschte, die Stützbalken gerieten in Bewegung und der Bunker füllte sich mit Rauch. Die Leute schrien durcheinander, einige beteten laut. Ich wunderte mich über die Hysterie der Erwachsenen, hatte ein großes Stofftuch erwischt, einen Unterrock, wie sich später herausstellte, hatte ihn mit Wasser aus einem Löscheimer getränkt und atmete durch das nasse Tuch, so gründlich, dass ich ganz durchnässt war. Dann schimmerte Licht von Taschenlampen durch den Qualm und wir hörten Rufe, wir wären verschüttet. Bemühungen die Bunkertür zu öffnen schlugen fehl. Nach einiger Zeit gelang es, einen kleinen Notausstieg zu öffnen und wir krochen hinaus. Das Haus, unter dem sich der Bunker vorher befand, gab es nicht mehr, auch der große Pferdestall neben dem Gebäude war nur noch ein Trümmerberg. Wir standen inmitten der Trümmer vor einem riesigen Bombentrichter, wir hörten in den Trümmern des Stalles ein Klopfen, wohl vom Ausschlagen eines noch nicht ganz toten Pferdes. Ein großer Wasserturm an der Bahnstrecke brannte und ein dort stehender Güterzug, der mit Munition beladen war, stand in Flammen und ein Feuerwerk explodierender Granaten bot ein schaurig schönes Bild. Ich starrte auf das Feuerwerk, fand es wunderschön und schämte mich gleichzeitig sehr über diese Empfindung. Alle Personen hatten den Bunker unbeschädigt verlassen, aber nebenan waren 21 Pferde und zwei Ochsen durch einen Treffer getötet worden. Das Haus, in dem wir wohnten, stand noch, aber zwischen den beiden Fenstern unserer Küche im dritten Stock war die Wand herausgebrochen, es sah aus wie eine offene Puppenstube. Wir konnten in der Wohnung nicht bleiben und nach einer behelfsmäßigen Nachtruhe in der Wohnung meiner Großmutter packte meine Mutter unsere Habseligkeiten auf einen Handwagen und wir versuchten Verwandte in Grone zu erreichen. Das erwies sich als nicht einfach. Die Straßen in allen Richtungen waren durch

Bombentrichter nicht passierbar, wir mussten immer wieder umkehren. Nach vergeblichen Versuchen auf einer Straße durchzukommen, versuchten wir, den Handwagen durch ein großes Schrebergartengelände zu ziehen, und es gelang. Unser Weg führte nun an dem Gelände des Heeresverpflegungsamtes vorbei, dort wurde geplündert. Die Aussicht, Lebensmittel zu ergattern, war verlockend. Wir stellten den Handwagen ab und ich wurde zur Bewachung eingeteilt. Dann brachte meine Mutter einen Karton mit Fleischdosen, stellte ihn beim Handwagen ab und ging noch einmal, teils um meine Schwester zu suchen, die auch in die Hallen gegangen war, um dort etwas zu holen, teils um noch mehr Lebensmittel zu ergattern. Dann wollte ein Mann den beim Wagen abgestellten Karton wegnehmen. Ich hielt den Karton fest und schrie laut um Hilfe. Leute mischten sich ein und jetzt kamen zum Glück meine Mutter und meine Schwester zurück. Drei Kartons, einer mit Fleischdosen und zwei mit Fertigsuppen, wurden mit Mühe noch oben auf dem Handwagen untergebracht, der ja voll beladen war. Dann machten wir uns auf den langen Weg nach Grone. Als wir zwischen Göttingen und Grone waren, wurde aus Dransfeld ein Artillerieschuss abgegeben, direkt über uns hinweg. Ich fiel unter unseren Handwagen und kam mit einem Fuß unter ein Rad. Es war schmerzhaft, aber hinterließ außer einer blutenden Stelle keinen Schaden.

Den Einmarsch der Amerikaner erlebten wir später bei Verwandten in Grone. Das liegt nun schon so weit zurück. Die Zeit ist weggeglitten, lautlos wie der Flug einer nächtlichen Eule. Die vielen Erinnerungen sind in nebelhaftes Dunkel gehüllt und werden durch mühsames Erinnern geweckt. Mit der Erinnerung tasteten meine Gedanken nach grundlegenden Überzeugungen über unsere menschliche Existenz. Mein Selbstbild, das sich durch zurückliegende Jahre geformt hat, bekam durch die jüngsten Entwicklungen Risse.

Wieder werden Menschen für Mitmenschen zum Wolf. Was für schlimme verborgene Potenziale schlummern vielleicht auch in mir? Ich verstehe mich als überzeugten Pazifisten, könnte ich auch dazu gebracht werden zu töten? Kenne ich mich bis in meine tiefsten Gehirnareale? Wie gut kenne ich Menschen meiner nächsten Umgebung? Einzelmenschen sind mir manchmal fremd, doch immer ist auch Vertrautheit damit verbunden, Untaten traue ich niemandem zu. Die Menschheit, die Masse Mensch, scheint mir in einem anderen Licht, sie scheint ein Moloch zu sein, ein unbegreifliches Monster. Die Massenmorde der Nazizeit lasten noch sehr auf dem Menschenbild und schon füllen neue Grauen den Zeitraum zur Gegenwart. Sind es Menschen wie du und ich, die es fertig bringen jedes Mitgefühl beiseite zu schieben, die bereit sind, unzählige Menschenleben der Erreichung ihrer Ziele zu opfern? Ich hatte immer Vorurteile gegen Militär und jede Gewalt, die Ordnungsgewalt eines freiheitlichen Staates ausgenommen, nun begrüßte ich es bereits, wenn Waffen an die Ukraine geliefert werden, Waffen, die viele junge russische Menschen aus dem Leben reißen werden. Was wird geschehen, wenn trotz der westeuropäischen Waffenhilfe das zahlenmäßig weit überlegene russische Heer die Ukraine überrennt, wenn die Atommacht Russland nicht zu bremsen ist? Wenn die Bedrohung der menschlichen Freiheit direkt an unseren Grenzen auftaucht? Im Hintergrund lauern im russischen Reich mehr als tausend Atomwaffen, die Initialzündung einer Weltuntergangsmaschine.

Das waren Gedanken, die mich zu Beginn des Jahres 2023 noch beschäftigt haben. Nun kommt es meistens anders, als man es sich ausdenken kann, oft reicht unsere Fantasie nicht aus, kommende Schrecken auszumalen, selten werden wir angenehm überrascht. Mich bedrängt diese Vorstellung, dass die Ukraine überrannt werden könnte, dass Europa nochmals Millionen fliehender Ukrainer aufnehmen müsste.

Noch kämpfen die zahlenmäßig unterlegenen Ukrainer heldenhaft, wie lange können sie einen so großen Blutzoll entrichten? Grausame Berichte über russische Gewalttaten geistern durch die Medien, gefolterte und getötete Zivilisten, vergewaltigte Frauen und entführte Kinder. Einem Sieg der russischen Armee könnten Angriffe auf andere Staatsgebiete folgen, die dann nach bekanntem russischem Muster vorangetrieben würden. Die russische Propaganda könnte zum Beispiel über Missetaten gegenüber der russischen Minderheit in den Baltischen Staaten berichten. Zusammenstöße zwischen bewaffneten Gruppen russischer Sprache mit den baltischen Polizeieinheiten würden organisiert. In den angrenzenden Gebieten von Russland und Belarus würden große Militäreinheiten zusammengezogen und in den Baltischen Staaten die NATO-Truppen verstärkt. Sollte es dazu kommen, dass Russland einen weiteren Schritt zur Ausweitung seiner Grenzen ins Auge fasst, könnten sie das bei der überlegenen Kampfkraft der Nato nur unter Einsatz von taktischen Atomwaffen unternehmen. Ich muss damit aufhören, mir solche Schreckensszenarien vorzustellen. Bestenfalls könnte es zu einer friedlichen Einigung kommen. Was wäre eine friedliche Einigung, müssten dann die russischen Menschen und sogar Völker angrenzender Gebiete unter der Knute dieses verbrecherischen Regimes weiterleben?

Meine oft ausufernde Fantasie bringt mich zu der Frage, sollte es zwischen der fortschreitenden Umweltzerstörung und dem aggressiven Vorgehen der russischen Politik einen Zusammenhang geben? Sind diese territorialen Ausweitungen Russlands lediglich das Vorspiel vom Überlebenskampf großer entwurzelter Bevölkerungsgruppen, die durch die fortschreitende Umweltzerstörung ihre Lebensgrundlage verlieren werden oder schon verloren haben? Will die russische Regierung einen abgegrenzten Machtbereich gegen den Rest der Welt absichern? Der

Gedanke ist aber doch reichlich unwahrscheinlich, ich kann mir eine so weit vorausschauende Planung der faschistischen Nationalisten in der russischen Regierung nicht vorstellen, dazu sind die verlogenen Begründungen ihrer Unterdrückungspolitik viel zu primitiv. Neben dem Bruch des Völkerrechts durch die russischen Machthaber bereitet mir die indifferente Haltung von Teilen der westlichen Bevölkerung mit deren Aufrufen zur Nachgiebigkeit gegenüber russischer Machtausweitung eine weitere Sorge. Viele prominente Personen, wohl auch von der raffinierten russischen Propaganda im Netz beeinflusst, rufen zu Friedensverhandlungen auf. Was soll da verhandelt werden, Russland will die ehemalige Sowjetunion wiederherstellen und ehemaligen Gebiete wieder unter seine Kontrolle bringen. Machthungrige Despoten halten sich an keine Verträge, wenn sie ihre Ziele erreichen wollen. Wenn beim Machtpoker der Gegenüber den Einsatz weiter Schritt für Schritt erhöht, hilft nur ein „All-In," um die Karten aufzudecken, es sei denn, man gibt sich geschlagen. Ich meine, eine russische Diktatur in einer weitgehend zerstörten Umwelt kann nur der Vorgeschmack für eine irdische Vorhölle sein und darum dürfen wir nicht zurückweichen.

Doch nicht genug mit dem militärischen und gesellschaftlichen Wahnsinn, hinter dieser Bedrohung lauert die unsichtbare, aber viel größere Bedrohung, die durch die menschliche Mentalität kaum händelbar zu sein scheint, und zwar die fortschreitende Zerstörung unseres Lebensraumes. Kriege sind zerstörerisch, aber zeitlich begrenzt, die Zerstörung unserer Lebensgrundlage schreitet fort. Dieses Irrenhaus, das die Menschen aus der Erde gemacht haben, muss mich in meinem Alter nicht mehr sehr irritieren, noch habe ich alles, was ich brauche, und mein Haltbarkeitsdatum ist schon längst abgelaufen, wären da nicht die Bindungen zu der gesamten Menschheit und besonders zu meinen direkten Nachkommen. Was kann

die Erosion der irdischen Lebensgemein-
schaften aufhalten und die Entwicklung
der zurückliegenden Jahre umkehren? Ein
Hindernis im Kampf gegen die Zerstörung
unseres Lebensraums besteht in der großen Ungleichheit bei der Verteilung der
Ressourcen. Ohne Lösung der sozialen
Frage sind die Umweltprobleme nicht ein-
zudämmen. Der größte Störfaktor des Lebens auf der Erde ist und war der Mensch,
der sich nicht mit, sondern gegen die Natur
entwickelte. Ohne Menschen würde sich
die Evolution irdischen Lebens fortsetzen
und weiterentwickeln. Ich muss oft an die
Analogie zum Krebsleiden für einen
menschlichen Körper denken, auch der
wächst ohne Rücksicht auf den Gesamtorganismus. Können sich die fast zehn Milliarden Menschen so weit zurücknehmen,
dass sie nicht mehr alles andere Leben be-
einträchtigen? Gute Aussichten dafür sind
recht unwahrscheinlich. Es ist wie die
Quadratur des Kreises. Die Existenz des
Menschen beeinträchtigt alles Leben und
damit sich selbst. Nur langsam setzt sich
die Einsicht durch, dass wir nur ein Teil des

großen Beziehungsgeflechts unserer Biosphäre sind. Zu lange haben wir uns für eigenständig gehalten, obwohl unser Körper auf den stetigen Austausch angewiesen ist und er sogar andere Lebensformen in sich eingeschlossen hat. Die einzige Hoffnung liegt im Erreichen eines Gleichgewichtes, fraglich ist, auf welchem Niveau. Im Moment scheinen aber die Menschen nichts Wichtigeres zu kennen, als sich gegenseitig abzuschlachten. Das bringt meine Gedanken wieder zu den weit zurückliegenden Tagen, als sich die Welt mühsam aus dem Sumpf dunkelster Triebe des sogenannten Dritten Reiches erholte.

Im Grunde bin ich kein rückwärtsgewandter Mensch. Meine Gedanken drängen mehr in eine Zukunft. Es sind die Analogien zwischen den aktuellen Geschehnissen und den Anfängen meiner Existenz, die mich dazu bewogen haben, mich mit längst Vergangenem zu befassen. Was verbindet mich noch mit dem kleinen blonden wissbegierigen und kreativen Jungen, der im prägenden Alter, wie so viele Kinder in jenen Jahren, schon so viel von der dunklen menschlichen Seite erleben musste? Nach so vielen Jahren ist nicht eine Zelle mehr von ihm in mir erhalten. Nur die DNA ist wohl dieselbe, die Chromosomen werden sich wohl kaum verändert haben, und dennoch bin ich allem entwachsen. Auch die Erinnerungen wurden wohl recycelt, denn selbst die Gehirnzellen unterlagen in der langen Zeit einem Erneuerungsprozess. Was bleibt, ist ein verschwommenes Bild, wohl auch mit Retuschen, ohne die Gedanken und Gefühle dieses Knaben, aus dem ich mit vielen Änderungen hervorgegangen bin.

In den ersten Lebensjahren hatte der Krieg noch keinen großen Einfluss, da war die Armut zunächst das größere Problem. Wir wohnten zur Untermiete in zwei kleinen Zimmern in einem Haus mit 18 Parteien. Die Bewohner waren Arbeiter und Angestellte der Stadt, meist aus dörflichem Milieu eingewandert und viele sprachen auch noch Pattdeutsch. Hinter dem Haus war ein Hof, um Wäsche zu trocknen, und dahinter lag eine kleine Parzelle, um Federvieh zu halten, mit einem Häuschen als Stall. In dem Stall fütterten meine Großeltern ein Schwein und über dem Schweinestall war der Hühnerstall. Es gab viele Kinder in dem Haus und wir spielten im Hof und in dem Sandkasten neben dem Haus. An dieses Grundstück schloss sich das Gelände einer Baufirma an, auf dem wir auch oft unerlaubterweise unterwegs waren. Es war immer eine ganze Horde von Kindern, die bei fast jedem Wetter dort zusammenkam. Spielgeräte fertigten wir uns selbst an, wir hatten nicht einmal Bälle, als Ersatz umwickelten wir Lumpen mit alten Stricken und spielten damit Fußball und Völkerball.

Heute ist es schwer, sich die damalige Atmosphäre vorzustellen, eine Gesellschaft ohne Kommunikationsmittel. In den Anfangsjahren gab es noch nicht einmal Radio, ein erstes Radiogerät hatte mein Vater in den Kriegsjahren zusammengebaut, mit dem wir dann heimlich einen Auslandssender hörten.

In den Sommertagen saßen bei gutem Wetter auch die Erwachsenen im Hofe beieinander, unterhielten sich und machten Musik, das heißt, sie sangen Lieder, auch in Begleitung eines Schifferklaviers und manchmal spielte meine Mutter Mandoline. Das waren aber seltene Ereignisse in dieser schwierigen Zeit. Ein Stück weit entfernt von unserem Haus waren Baracken von Fremdarbeitern, die aber bewacht wurden und zu denen wir Abstand halten mussten. Und noch ein wenig weiter war ein Lager von russischen Kriegsgefangenen und zur Zwangsarbeit Verschleppten, das von hohen Zäunen geschützt und nicht einsehbar war. Uns Kindern war das Lager unheimlich, aber es war für uns ein Teil der Normalität, was wussten wir denn schon von den Leiden der dort Eingesperrten.

Einen Sommer verbrachten meine Mutter, meine Schwester und ich in Thüringen. In Wiehe hatte die Schwester meiner Oma einen großen Bauernhof. Meine Oma wurde enterbt, als sie den hergelaufenen

Knecht aus Ostpreußen heiratete. In Wiehe konnten wir uns satt essen, aber meine Mutter musste mit auf dem Felde arbeiten. Ich war noch sehr klein und lagerte in einer Kinderkarre am Rande des Feldes im Schatten. Mittags kam eine Magd mit dem Essen und Tonkrügen zum Trinken. Meine Großtante war sehr lieb und verwöhnte uns, so gut sie konnte, aber ihr Mann war ein rechter Tyrann, geizig und sadistisch. Beim Essen durfte niemand vor ihm zulangen, und wenn er sein Essbesteck ablegte, mussten alle die Mahlzeit beenden. Als er mich in seine sadistischen Späße einbezog, wurde es für meine Mutter zu viel und wir reisten ab. So sagte er mir, er wolle mir das Reiten beibringen, nahm mich mit in den Stall, setzte mich auf eine Kuh und ließ mich allein. Das Rückgrat der Kuh drückte sehr, aber ich konnte nicht hinunter. Ich weinte laut, doch es dauerte lange, bis mich jemand hörte. Oder es gab einen Ziegenbock, vor dem alle Angst hatten, denn er war sehr aggressiv. Der Bauer sagte, ich bräuchte keine Angst vor dem

Bock zu haben, ich sollte ihm meine Fäuste zeigen, dann bekäme der Ziegenbock Angst. Nun öffnete der Bauer das Gehege. Der Ziegenbock überrannte mich und der Bauer lachte. Daraufhin entschied meine Mutter, es wäre besser mit den schmalen Nahrungsmittelzuteilungen in Göttingen auszukommen.

Meine Mutter wurde dann zur Arbeit in der Munitionsherstellung dienstverpflichtet. Sie war eine überzeugte Pazifistin und es fiel ihr schwer bei der Waffenherstellung mitzuwirken.

Eingeschult wurde ich in die Lutherschule. Es waren viele Schulanfänger, so ungefähr 50. Wir mussten uns in einer Reihe zu zweit aufstellen und marschierten geschlossen in unser Klassenzimmer, die Eltern, meist nur Mütter, mussten draußen bleiben. Viele Jungen fingen an zu weinen, was mich sehr wunderte, ich war ganz erpicht darauf, in die Schule zu kommen, und freute mich. Unterrichtet wurden wir von einem sehr alten Lehrer, der schon weit über das Rentenalter hinaus war. In den beiden ersten Grundschulklassen war ich Hänseleien meiner Mitschüler ausgesetzt. Es war mein Eifer im Unterricht, aber vor allem die von meiner Mutter selbstgefertigte Trachtenkleidung. Außerdem war ich unbeholfen und nicht fähig mich zu wehren. Das änderte sich, als mich zwei Mitschüler verprügeln wollten und mich nach einem kräftigen Tritt der Zorn packte. Ich konnte mich erfolgreich zur Wehr setzten. Einer der Knaben wurde mein bester Freund. In der ganzen weiteren Schulzeit konnte ich mich aus Handgreiflichkeiten heraushalten, und zwar durch reine Angabe, indem ich es verstand in den Pausen beim Kräftemessen meinen Mitschülern meine körperlichen Fähigkeiten glaubhaft zu demonstrieren.

Nun werde ich dem Eulenflug wieder nachspüren, zurück in Richtung Gegenwart, über viele vergangene Tage hinweg, die im Dunkel des Vergessens schlummern. Doch begebe ich mich noch nicht ganz in die heutige Zeit, sondern verweile dort, wo vor einem Jahr unser politisches Weltbild durch den Überfall Russlands auf die Ukraine nachhaltig erschüttert wurde. Vor so einem brutalen Vorgehen hatte man sich in Europa sicher gefühlt. Es kam sogar in dem autoritären Russland zu Demonstrationen, die aber schnell mit Gewalt unterdrückt wurden, junge Menschen wurden verhaftet und zu harten Strafen verurteilt. Das Wort Krieg wurde in Russland sogar per Gesetz verboten, die Lesart war, dass es sich um eine „Spezialoperation" handele, um die Ukrainer von einer Naziherrschaft zu befreien. In meinen Augen bot Russland ein Lehrbeispiel, um das Geschehen in Deutschland, im sogenannten Dritten Reich, nachträglich besser zu verstehen. Ein Anteil von 20 bis 30 Prozent der Bevölkerung lässt sich durch Propaganda fanatisieren und steht hinter der Regierung, ein Teil sieht Vorteile für sich, ein kleiner Anteil flieht aus der Gefahr für Leib und Leben, der größte Teil aber schweigt aus Angst und trägt passiv zum Unrecht bei. Wie sich die Bilder gleichen, einst im faschistischen Deutschland und nun nicht einmal hundert Jahre später in einem faschistischen Russland. Ist die Brutalität groß genug, können Mitmenschen ermordet und andere zu Mittätern gemacht werden. Freunde werden zu Feinden, die Lüge wird zur Wahrheit und Mitleid wird zum Hass.

Was erreichte nun die russische Führung mit ihrem Vorgehen? Die Ukraine wurde zu einer nationalen Einheit und bot dem überlegenen Gegner überraschenden Widerstand. Auch Europa rückte zusammen und die Handelsbeziehungen der gesamten Welt wurden nachhaltig gestört. Weniger sichtbar bei der Betrachtung der menschlichen Katastrophe durch den Krieg war, dass die notwendigen drängenden Bemühungen, die Umweltbedingungen zu stabilisieren, ins Hintertreffen gerieten. Statt Ressourcen für die erforderlichen Umweltmaßnahmen zu verwenden, wurden Waffen produziert. Durch eine kaum vorstellbare Brutalität der russischen Kriegsführung wurde ein Land vollkommen zerstört. Viele tausend Menschen kamen ums Leben oder wurden schwer verwundet, Frauen und Kindern wurde Gewalt angetan und mehr als 10 Millionen, meist Frauen und Kinder, flohen ins Ausland. Gedanken an dieses Geschehen erzeugen ein Gefühl der Hilflosigkeit, sie machen traurig und erwecken Zweifel an gehüteten Idealen.

Ich kehre wieder zu meinen frühen Erinnerungen zurück, es ist wie eine Flucht aus heutiger Realität. Hat das Kriegsgeschehen im zweiten Weltkrieg bei mir wie bei so vielen Kriegskindern Traumata hinterlassen? In meinen Erinnerungen waren die Ereignisse in dieser Zeit weniger von Angst belastet, sie waren eher ein Abenteuer, angefüllt mit neuen Erfahrungen. Nur eine Auswirkung der Kriegstage erstreckte sich bis ins Erwachsenendasein. Höre ich Alarmsirenen, dann krampft sich etwas in mir zusammen, dann werde ich nervös.

Die Zeit in Grone war ein neues Erlebnis. Es kamen amerikanischen Soldaten, die im Hof kampierten, sich dort verpflegten,

Musik machten und uns Kindern Schokolade schenkten. Zum ersten Mal sah ich einen Menschen mit tiefbrauner Haut, so etwas kannte ich bisher nur aus dem Bilderbuch. Einer von diesen Soldaten hob mich auf einen Radpanzer, fuhr mit mir aus der Hofeinfahrt, wendete am Ende der Straße und fuhr wieder zurück. Meine Mutter litt Todesängste, aber der Soldat lachte und schenkte uns ein Weißbrot sowie eine Tafel Schokolade. Wir Kinder blieben eine kurze Zeit bei unseren Verwandten, unsere Mutter ging zurück zu unserer Wohnung, um nach ihren Eltern zu sehen und um die Wand unserer Küche reparieren zu lassen.

Ich vermisste unterdessen meine Oma sehr. Zu meiner Oma hatte ich eine sehr enge Beziehung, sie nahm ihren Enkelsohn ernst und hatte mit ihm viele ernste Gespräche. Wir sprachen über die Brutalität des Krieges und über die Religion, zu der meine Großmutter durch Kindheitserinnerungen eine sehr ablehnende Position gewonnen hatte. Sie konnte meine Fragen, wo die Kinder herkämen, und nach dem Unterschied zwischen Männern und Frauen aufrichtig und kindgemäß beantworten. Sie warnte mich vor Fremden, die Kinder ansprechen und sehr nett tun, dann aber die Kinder missbrauchen und ihnen Gewalt antun. Sie erzählte mir von früheren Zeiten und sang mir alte Volkslieder vor. Wir arbeiteten auch gemeinsam in ihrem Garten. Ich verbrachte viel Zeit mit ihr, da meine Mutter arbeiten musste und ich mich erfolgreich gegen einen Kindergarten zur Wehr gesetzt hatte. Im Grunde war ich sehr folgsam und machte keinerlei Schwierigkeiten, da ich mich gut selbst beschäftigen konnte und gehorsam war. Nur bei dem ersten Besuch eines Kindergartens begehrte ich auf und weigerte mich, noch einmal dort hinzugehen. Meine Mutter war es nicht gewohnt, dass ich eigensinnig wurde, gab schließlich nach und ich durfte bei meiner Oma bleiben.

Als wir wieder in Göttingen zusammen waren, lösten Engländer die amerikanischen Soldaten ab. Es kamen Ängste auf, dass Russland auch unsere Region einnehmen könnte. Von vielen Geflüchteten aus den Ostgebieten wurden Gräueltaten der russischen Armee berichtet. Die englischen und amerikanischen Soldaten waren in Anbetracht der deutschen Kriegsverbrechen gegen die Zivilbevölkerung eher rücksichtsvoll.

Nach kurzer Zeit wurde der Schulunterricht wieder aufgenommen. Es waren kaum Lehrer vorhanden, wir hatten vormittags oder wechselweise nachmittags Unterricht. Die Kinder litten an Unterernährung und wir bekamen in der Schule warmes Essen sowie selten sogar eine Tafel Schokolade. Es kamen auch neue Lehrer, entlassene Kriegsgefangene meist in schlechter körperlicher und psychischer Verfassung. Wir bekamen einen Lehrer, dessen Nerven so schwach waren, dass er sich kaum gegen die etwa 50 zum Teil durch ihre Erlebnisse aus Krieg und Flucht geschädigten Kinder durchsetzen konnte. Er wollte uns etwas Schönes bieten und brachte zum Unterricht seine Geige mit, um uns etwas vorzuspielen. In der Pause beschmierten einige Räbchen den Bogen mit Fett und verstellten die Seiten. Als der Lehrer nun die Seiten stimmen wollte, brachte er nur Gekrächze zustande und ihm kamen die Tränen, worauf er das Klassenzimmer verließ. Mir gab dieser Lehrer eine schwer zu verdauende Erfahrung. Da ich versuchte, den Lehrer im Unterricht zu unterstützen, setzten mich Mitschüler unter Druck, ihm einen Streich zu spielen. Ein Mitschüler brachte eine Rattenfalle mit in die Schule und ich sollte sie unter dem Tafellappen deponieren. Ich war zu feige, mich zu widersetzen, und hoffte darauf, dass es gut gehen würde. Es ging aber nicht gut aus, denn als der Lehrer zum Tafellappen griff, schlug der Bügel der Falle zu und seine Finger wurden schmerzhaft eingepresst. Der Lehrer verlangte nun, dass sich der Übeltäter melden sollte, und wartete im Flur vor dem Klassenzimmer, das wir nicht verlassen durften. Der Unterricht war schon zu Ende und wir durften noch nicht gehen. Da ging ich zu ihm und gestand, dass ich es getan hätte. Dem Lehrer traten wieder die Tränen in die Augen und er sagte, er glaube mir das nicht, ich solle mich nicht für die üblen Rangen aufopfern. Er drehte sich um und verließ langsam die Schule. Ich war tief bestürzt, umso mehr, da man mich dafür feierte, dass alle die Schule nun verlassen konnten.

Nach diesem Ereignis bekamen wir einen anderen Lehrer, der sehr streng war. Von ihm mussten wir erfahren, dass unser vorheriger Lehrer schwer erkrankt war und in einer Nervenheilanstalt behandelt werden musste. Der neue Lehrer bemerkte mein Zeichentalent, und da es noch keine Hilfsmittel für den Unterricht gab, stellte er mir die Aufgabe, nach Bildern aus einem Lehrbuch große Wandbilder zu malen. So malte ich im Format von 1,5 x 2 Meter auf Packpapier Schaubilder für den Biologieunterricht. Im Gedächtnis sind mir die schematische Darstellung eines Kuhmagens, eines menschlichen Herzens und der Knochen eines Innenohrs.

Nach der Schule stromerten wir bis zum Dunkelwerden durch Ruinen und alte Baracken, sammelten Überbleibsel der Wehrmacht, fanden alte Säbel, Helme und sogar Munition. Das Hantieren mit weggeschmissener Munition kostete einem Göttinger Jungen die Hand. Meist waren wir uns selbst überlassen. Die Erwachsenen hatten in der Nachkriegszeit Sorgen, das Überleben zu sichern, und oft mangelte es uns an Aufsicht. Lebensmittel gab es auf Zuteilungsmarken, aber meist waren Lebensmittel ausverkauft. Um die kargen Zuteilungen zu erhalten, musste man stundenlang in einer Warteschlange anstehen. Es kam auch vor, dass nach stundenlangem Warten gesagt wurde, es sei alles ausverkauft. Das änderte sich langsam, als die ersten Männer aus der Kriegsgefangenschaft heimkamen. Eine wirkliche Verbesserung der Lebensbedingungen kam erst nach einer

Währungsreform, aber die erfolgte später. Mein Vater wurde schon kurz nach der Kapitulation aus einem Krankenhaus entlassen. Kaum genesen bemühte er sich unsere Lebensmittel aufzubessern. Nach einigen Versuchen, Lebensmittel aus fahrenden Güterzügen zu rauben, erbeutete er einmal einen ganzen Sack voller Schokoladenstreusel. Durch bewaffnete Begleiter der Güterzüge wurde das zu gefährlich. So wanderten meine Spielsachen und die Musikinstrumente meiner Mutter auf den schwarzen Markt und wurden gegen Esswaren eingetauscht. Dann baute mein Vater aus alten Kanistern einen Destillierapparat, vergor Zuckerrüben und destillierte Schnaps, den er gegen Lebensmittel eintauschte. Als nun die alte Baufirma, in der mein Vater vor dem Krieg gearbeitet hatte, wieder die Arbeit aufnahm, musste mein Vater mit einem großen alten Bagger in Westdeutschland Trümmer räumen und war wieder von zuhause entfernt. Durch diese Trennung brach dann die Ehe meiner Eltern auseinander. Ich war so verbittert gegen meinen Vater, dass ich es ablehnte mit ihm auch nur zu sprechen. Das hatte, außer dass ich für meine Mutter Partei nahm, darüber hinaus einen ganz persönlichen Grund. Mein Vater hatte mir versprochen, dass ich bestimmt nach der vierten Klasse ein Gymnasium besuchen könnte. Nun wechselten alle meine Freunde in höhere Schulen und ich musste als Klassenerster auf der Grundschule bleiben. Die höheren Schulen kosteten damals noch Geld und meine Mutter musste mit einhundert Mark im Monat auskommen, mein Vater hatte eine neue Familie und zahlte kaum etwas. Zum Glück erhielten wir in der fünften Klasse einen heimgekehrten Gymnasiallehrer, der einen sehr anspruchsvollen Unterricht gab. Ich bekam die Aufgabe geflüchteten Klassenkameraden, oft 3 bis 4 Jahre älter, die jahrelang keinen Unterricht gehabt hatten, Nachhilfeunterricht zu geben und musste dafür keine Hausaufgaben verrichten. Das hatte für mich den Nebeneffekt, dass ich bei der herrschenden Gewalt unter den meist älteren Schülern in meinen Nachhilfeschülern kräftige Verteidiger hatte. Nach diesem fünften Schuljahr bekam mein Klassenlehrer eine Anstellung bei einer höheren Schule und sagte zu mir: „Du kommst selbstverständlich mit, das bisschen Englisch holst du schnell nach."

Leicht auffindbare Erinnerungen haben meist Gebrauchsspuren, und sollten leichte Beschädigungen oder Erinnerungslücken vorhanden sein, werden sie ausgebessert, bevor sie wieder an prominenter Stelle eingeräumt werden. Erinnerungen, die tief im Dunkel des Vergessens versunken sind, findet man nur beim Flug über vergangene Zeiten mit den Nachtaugen der Eule. Oft sind, wenn man sie empor holt, nur noch Bruchstücke vorhanden und man muss die Suche nach passenden Teilen ausdehnen.

Nun folge ich wieder dem Eulenflug über vergangene Tage, die ins Dunkel des Vergessens eingehüllt sind, und komme zurück in die heutige Zeit. Der Anzahl der Lebensjahre beschleunigt das Zeitgefühl.

Die Tage gleiten von einem Fixpunkt zum nächsten. Kaum war Weihnachten, kommen Geburtstage und danach kommt Ostern. Dann freue ich mich auf den Besuch meiner Tochter aus den USA. Wir werden im Harz Urlaub machen und danach kommt unsere Goldene Hochzeit. Die Ehe mit meiner Frau ist das Kostbarste in meinem Leben. Mehr als 50 Jahre Lieben und Geliebt zu werden, was für eine Gabe. Da werden manche fragen: „Gibt es denn in so langer Zeit keine Gewöhnung?" Gewöhnung entsteht aus Unachtsamkeit, täglich erlebte Liebe füllt das Leben und kann nicht in Gewohnheit versinken. Vor so einem Jubiläum drängen sich Erinnerungen ins Bewusstsein an die junge Braut, an unsere Eheschließung in Rotenburg an der Fulda, wir zwei ganz allein, die Trauzeugen mussten wir uns vor der Trauung auf der Straße suchen. Zwei nette Paare, die sich zur Kur dort aufhielten, waren dazu bereit. Im Park sang für uns nach der Trauung eine Schulklasse, die wir auf der Werrabrücke trafen: „Viel Glück und viel Segen…." Ein Segenswunsch, der sich so gut erfüllen sollte. Unser Glück begann 15 Monate vor unserer Trauung. Ich war sofort überwältigt von der Schönheit mit ihrem jugendlichen Elan. Gleich nach bestandenem Abitur freute sie sich auf ein Studium, und ich nach einer gescheiterten Ehe als alleinerziehender Vater von zwei Kindern, einem pubertierenden Mädchen und einem vier Jahre jüngeren Buben, war wohl kaum der passende Partner. Aber wir waren über beide Ohren verliebt. Ihre Jugend verunsicherte mich, aber waren wir beieinander, wurde ich vom Glück überflutet, und waren wir getrennt, konnte ich meine Gedanken nicht von ihr losreißen. Sie begann ihr Studium in Graz. Wir schrieben uns jeden zweiten Tag und telefonierten von Zeit zu Zeit, Telefonieren war zu der Zeit noch recht teuer. Die Sehnsucht wurde so groß, dass ich die Kinder über ein Wochenende versorgte und mit der Bahn zu ihr fuhr. Wir machten Zukunftspläne und meine Liebste bemühte sich im Studium und bekam so ausgezeichnete Zensuren, dass sie nach dem Anfangssemester in Graz ihr Studium in Göttingen fortsetzen konnte.

Nach der Heirat mieteten wir eine Wohnung in der Hauptstraße von Geismar, die notwendigen Möbel baute ich selbst und Herd und Kühlschrank schenkte uns meine von mir geliebte Schwiegermutter. Leider war meine junge Frau mit dem Studium, dem Haushalt und den beiden Kindern aus der ersten Ehe, denen sie sich mit Ehrgeiz widmete, ziemlich überfordert. Nach einiger Zeit mieteten wir ein Reihenhaus in Geismar. Ich musste dort mit einem stark geschwollenen Bein fast einen Monat das Haus hüten, bis die Schwellung so weit abgeklungen war, dass das beschädigte Knie operiert werden konnte. Nach der Operation kam es zu einem Erguss im Knie und das Bein konnte nur unter starken Schmerzen gebeugt werden. Ein unbekannter junger Arzt kam an mein Bett und stellte seltsame Fragen. Ich hatte den Eindruck, er hielt mich für arbeitsscheu. Dann fasste er plötzlich zu und versuchte mein Bein mit Gewalt zu beugen. Ich schrie auf und schlug ihn vor die Brust. Ich hatte ein Telefon am Bett, rief sogleich meinen Chef an, einen Professor der Medizin, und schilderte ihm das Geschehen. Mein Chef rief den Chef der Chirurgie an und es stellte sich dann heraus, dass meine Akte nicht auffindbar war. Aber der junge Arzt war, wie mir die Krankenschwester mitteilte, versetzt worden. Nach meiner Entlassung aus der Klinik konnte ich nur an Krücken gehen. Mein Sohn Bert hatte Sommerferien und ich machte mit ihm eine Radtour, um durch das Radfahren mein Bein zu regenerieren. Die ersten Tage hatte ich noch starke Schmerzen, wir fuhren bis zum Bodensee und ein kleines Stück durch Frankreich. Wir waren drei Wochen unterwegs und gegen Ende war mein Bein schmerzfrei. Meine Liebste hatte in dieser Zeit Muße sich auf ihr Diplom vorzubereiten. Sie kam uns auf der letzten Strecke mit dem PKW entgegen, ich war glücklich, wieder bei ihr zu sein und auch darüber wieder richtig laufen zu können.

Dann kam für uns das große Geschenk, meine Geliebte war schwanger. Wir hatten schon länger überlegt ein Haus zu bauen und auch schon ein Grundstück in Klein Lengden ausgesucht, doch die Erschließung des Grundstücks verzögerte sich und wir beschlossen nach einem älteren Haus zu suchen. Wir fanden ein altes Fachwerkhaus eines 1641 erbauten kleinen Bauernhofes. Das Haus war mit über 300 Quadratmetern Fläche recht groß, hatte einen angebauten Stall, zwei Balkone und eine eingebaute Scheune, die ich später zur Garage ausbaute mit feuerfester Decke und ausgemauerten Wänden. Einige Arbeiten ließ ich von einer ansässigen Zimmerei ausführen, doch den Großteil erledigte ich selbst in sechswöchiger Arbeit. In dem kleinen Dorf erregten wir Aufsehen. Gegen Mittag kam regelmäßig meine junge Schwägerin und brachte Mittagessen. Darüber hinaus kamen ab und zu zwei schon größere Kinder und auch noch eine hochschwangere junge Frau. Die Dorfbewohner blieben auf der anderen Straßenseite stehen und staunten. Es war viel Arbeit, ich legte die Deckenbalken frei, flieste zwei Bäder, die Küche und eine Terrasse, baute einen großen Kachelofen, der durch die Wand von der Küche in das anschließende Zimmer reichte, tapezierte, malerte und brachte das recht große Grundstück in Ordnung. Neue Fenster wurden von einem ansässigen Tischler eingebaut. Ich dehnte meinen Jahresurlaub etwas aus, aber unser Nest wurde noch vor der Geburt fertig.

Viele dieser Erinnerungen waren schon fast im Dunkel verschwunden, nun da ich angefangen habe, einiges wieder hervorzuholen, kommen viele vergessene Details wieder ans Licht. Das Gehirn ist ein Wunder, unbegreiflich, was sich dort in meinem Kopfe abspielt. Unendlich klein und unendlich groß, zwei Dimensionen, zu denen unsere Begrifflichkeit nicht vordringen kann, in unserem Gehirn sind sie gleichzeitig enthalten. Winzig ist die Verbindungsbahn, es gibt viele Milliarden Zellen mit noch viel mehr Verbindungen. Eine unbegreifliche Quantität wandelt sich in eine nicht fassbare Qualität. In einem Wirbel von Aktionen manifestieren sich längst vergessene Erinnerungen im Bewusstsein. Gleichzeitig kann ich noch darüber nachsinnen und mich selbst beobachten. Die beobachtende und kontrollierende Gegenwart ist es, die lautlos wie eine Eule das Dunkel der Vergangenheit überfliegt, um Nahrhaftes für eine sich entwickelnde Zukunft zu finden. Die unwandelbaren Schnipsel der Vergangenheit ermöglichen es uns die Zukunft abzuschätzen. Wir brauchen Vorstellungen von der Zukunft. Um einen Schritt zu gehen, muss ich wissen, wohin er führt. Das gelingt für die nahe Zukunft sehr gut, doch je weiter wir versuchen die Zukunft zu erahnen, desto ungewisser werden die Vorstellungen. Die weitere Zukunft, zu der ich nicht mehr gehören werde, hat kaum noch Konturen und ich befürchte, sie wird nicht sehr freundlich aussehen. Noch nie waren Menschen so gut informiert, Bilder aus der ganzen Welt zeugen von dem Zustand unserer Gesellschaft. Da müssen es nicht Berichte über die Zerstörungen des kriegerischen Wahnsinns sein, es genügen Aufnahmen von jubelnden oder brüllenden Massen, sei es aus Fußballstadien, von Demonstrationen, von Wahlveranstaltungen und von religiösen Großereignissen wie den Massenveranstaltungen der Evangelikalen in den USA, um den Glauben an menschliche Vernunft zu verlieren. Dabei ist unser Denkapparat so großartig und leistungsfähig, mit einem Minimum an Energie bringt er unvorstellbare Leistungen. Neben der Regelung eines komplizierten Organismus nimmt unser Gehirn kontinuierlich alle Meldungen unserer Sinnesorgane auf, vergleicht sie mit unserem gespeicherten „Weltbild", ordnet nach Relevanz und speichert interessante Inhalte der Außensignale. Durch die Verarbeitung der Signale unserer Sinne bekommt unsere Wahrnehmung erst Gestalt und unsere Wirklichkeit entsteht erst durch uns. Durch gleiche Erfahrungen sind die Unterschiede zwischen den Menschen verschwindend klein, aber nicht deckungsgleich. So leben fast alle Menschen in einer farbigen Welt. Wir nehmen Licht in einem empfindlichen Frequenzbereich unserer Sehnerven auf und bilden damit die Farbenpracht der Welt, in der wir leben. Wir sehen also keine Realität, sondern für uns ist das real, was unser Gehirn aus Nervensignalen macht. So hat jeder Mensch eine eigene Welt, die wir durch Kommunikation angleichen. Unsere Weltsicht wird allerdings geprägt durch Erfahrungen und Vorstellungen wie zum Beispiel vom Glauben, was oft große Unterschiede in der persönlichen Wahrheit hervorruft. Schwierigkeiten ergeben sich auch bei Vorstellungen, zu denen unsere Sinne nicht heranreichen, die wir nicht „begreifen". Das trifft für Dimensionen, wie „sehr klein" und „sehr groß", wie „unendlich" und für die Zeit zu. Wo diese Schwierigkeiten auftreten, konstruieren wir uns Vorstellungen jenseits unseres Begreifens. Der Zusammenhang von Materie und Energie, die Dimension eines Atoms in meinem Körper, unvorstellbar und doch Bestandteil menschlichen Wissens.

Das trifft auch für den unendlichen Weltraum zu. Wir wissen, dass alles miteinander verbunden ist durch Kräfte, deren Wirkung wir Naturgesetze nennen. Die errechneten und durch technische Messungen erhaltenen Größen können wir als Fakten anerkennen, aber wirklich begreifen können wir sie nicht. Eine andere Schwierigkeit ergibt sich aus unserer Sicht der Dinge. Wir sehen Einzelteile, einzelne Facetten, den Zusammenhang finden wir nur in einzelnen Schritten, der Zusammenhang ist unserem Denkapparat viel zu kompliziert. Von unserem Heimatplaneten kennen wir den Umfang, seine Rotation und die Umlaufzeit um die Sonne, seine dünne Luftschicht, die Meere und Kontinente, aber haben wir wirklich ein Bild davon, haben wir dieses Wunder in Gänze begriffen? Unsere Erde ist mit dem gesamten Kosmos verbunden und bildet innerhalb von unzählbaren Systemen einen Gesamtorganismus. Alles auf der Erde ist in mannigfaltiger Bindung untereinander abhängig. Die belebte und unbelebte Materie sind ein Ganzes und wir sehen nur kleine isolierte Einzelteile. Wir empfinden uns als eine Person innerhalb der irdischen Natur und doch sind wir ein Teil des Ganzen und auf viele Art abhängig. Zugegeben, die Anzahl der Abhängigkeiten ist so gewaltig, dass kein nachvollziehendes Organ, ob Supergehirn oder Supercomputer, dieses erfassen könnte. Wir müssen uns mit unseren begrenzten Möglichkeiten zufriedengeben und erkennen, dass wir keine Sonderrolle in der belebten Natur spielen. Es ist ein tragischer Irrtum, wenn man glaubt, dass die Reduktion des Kohlendioxids in der Atmosphäre, die Ausweisung von Schutzzonen und biologische Landwirtschaft ausreichen werden, um den Gesamtorganismus Erde gesunden zu lassen. Ich bin mir sicher, dass Erdklima und Umweltschäden nicht geheilt werden können, ohne die soziale Frage zu klären. Wenn es einzelnen Menschengruppen erlaubt ist auf einen Großteil der zu Verfügung stehenden Ressourcen zuzugreifen, wird die Gesamtbevölkerung nicht die nötige Rücksicht auf das Gesamtleben dieser Erde ausüben können. Das schreibe ich, ohne die menschliche Mentalität zu berücksichtigen, sie könnte das Haupthindernis sein, um für Menschen eine Zukunft offen zu halten. Ich glaube nicht, dass das Streben nach Besitz überwunden werden kann, und das stellt in Frage, wie zehn Milliarden Menschen mit dem gesamten Leben dieser Erde harmonisch existieren können.

Diese pessimistischen Gedanken an die Zukunft bringen mich wieder zu meinen Erinnerungen, zu den Erfahrungen, die ich gemacht und gespeichert habe. Irgendwann in den Jahren zwischen 1950 und 1960 versuchte ich mich daran, eine Theorie für eine soziale Menschheit zu entwickeln. Ich hatte mich intensiv mit den politischen Theorien des 20. Jahrhunderts beschäftigt. Obwohl die marxistische Wirtschaftstheorie teilweise einleuchtend schien, griff sie meiner Meinung nach zu kurz. Das Kapital nur in die Hände des Staates zu legen und damit den Politikern zur Verfügung zu stellen, schien mir schon damals zu kurz gedacht. Mich mit dem Glauben an einen neuen Menschen anzufreunden, wollte mir auch nicht gelingen. Ich war der Ansicht, dass Anlagen und Einfluss der Umwelt gemeinsam das Wesen eines Menschen formen und ein Mensch weder gut noch böse sein kann, sondern beides in seinen Möglichkeiten liegt. Allerdings sah ich damals auch im Besitz, im Eigentum ein Hindernis für ein freies, harmonisches und solidarisches Miteinander. Damals hatte ich die Hoffnung, gesteigerte Produktivität und die Automatisierung der Wirtschaft könnten den Wert aller Waren so weit senken, dass es unsinnig werden würde, nach mehr Besitz zu streben, wenn alles leicht zu erlangen wäre. Dass die Ressourcen der Erde endlich sein könnten und der Lebensraum der Menschen begrenzt, das war mir damals nicht bewusst. Etwas mehr als zehn Jahre später in der Zeit, in der ich meine Frau kennenlernte, befasste ich mich mit dem Wachstum und mit Exponentialfunktionen, die in der Konsequenz zu Katastrophen führen. Ich weiß noch, wie ich auf einem Spaziergang meiner jungen Geliebten meine Gedanken entwickelte. Diese Erinnerung zeigt mir das Manko meines Charakters. Ich theoretisiere, aber ich hatte und habe kaum Fähigkeiten Erkenntnisse in Taten umzuformen, ich bin kein Tatmensch, der sich für seine Ideen engagiert.

Wenn ich mir das recht überlege, stimmt das nur begrenzt, denn bei handwerklichen Herausforderungen entwickele ich Tatendrang. So baute ich zu Anfang meiner zweiten Ehe die Möbel selbst. Aus einfachen geflämmten Dachlatten baute ich eine Schrankwand, Tisch, zwei Couchs, zwei Sessel und ein großes Bett. Die Überzüge der Polsterung nähte ich aus dickem Segeltuch. Als wir dann das alte Bauernhaus in dem Dorf Parensen kauften, ging ich an den Innenausbau, legte Balken frei, setzte Fußböden und Wände instand, durchbrach eine Wand und baute einen großen Kachelofen, der zwei Zimmer heizen konnte. Wo ich um Rat fragte, sagte man mir, dass man einen Kachelofen nicht selbst bauen kann. Ich kaufte Kacheln und Schamottsteine, die ich mit überladenem PKW aus einer Brennerei holte, zeichnete einen Plan und ging ans Werk. Es wurde ein sehr schöner Ofen, den selbst der Schornsteinfeger für gut befand. Später hatte ich die Idee ein leichtes Rennrad selbst zu bauen. Ich besorgte bei einem Spezialgeschäft sehr leichte Rohre, konstruierte mit Schienen eine Einspannvorrichtung und schweißte mit Silberlot einen Rahmen zusammen. Da nun alle nötigen Teile auch leicht und von guter Qualität sein mussten, wurde es ein sehr teures Rad, das ich wohl als fertiges Rad zu einem besseren Preis hätte kaufen können. Ich mauerte eine große Scheune aus, um sie als Garage genehmigt zu bekommen. Auch vielen kleinen handwerklichen Arbeiten ging ich nicht aus dem Weg und legte lieber selbst Hand an, als Handwerker zu beauftragen. Auch für das schöne Haus, in dem wir jetzt wohnen, habe ich Innenausbau und die Restaurierung zum großen Teil selbst erledigt.

Das Vertrauen auf meine handwerklichen Fähigkeiten scheint wohl etwas anderes zu sein, als für Überzeugungen zu kämpfen. Meine Triebfeder ist wohl die Liebe zum Gestalten, was auch in der Malerei zum Ausdruck kommt. Ehrgeiz habe ich nie entwickelt, das liegt wohl daran, dass mir alles ohne größere Anstrengungen zugeflogen ist. Lediglich zwei große Krisen hatte ich in jüngeren Jahren zu überstehen. Es sind Erinnerungen, die ich tief im Dunklen zurückgelassen habe. Mein dienstbarer Geist, die Eule wird zurückgleiten und Vergessenes zurückholen. Es begann mit dem ersten Verliebtsein in noch sehr jungen Jahren. Als 16-Jähriger in kurzen Lederhosen war ich mit einem Freund am Kiessee. Wir sahen ein sehr gut aussehendes Mädchen, das einen Kinderwagen schob. Ich wettete mit meinem Freund, dass ich die Schöne ansprechen und nach Hause begleiten würde. Was erst nur eine Wette war, mündete in einer leidenschaftlichen Liebelei und schon vor meinem 18ten Geburtstag wurde ich Vater einer kleinen

Tochter. In unserer Beziehung hatte es schon vor der Geburt gekriselt, ich hatte die Schule verlassen, um schnell einen Beruf zu erlernen, und da die junge Mutter auch eine Berufsausbildung machte, war das kleine Mädchen meist in meiner Pflege, wobei mich meine Mutter unterstützte. Ich liebte meine kleine Tochter und verbrachte mit ihr jede freie Minute. Es vergingen ungefähr zwei Jahre, da zog die Kindesmutter nach Berlin und nahm meine kleine Tochter mit. Nach damaligem Gesetz hatte ich als unehelicher Vater keinerlei Rechte. Ich reagierte mit Krankheit und magerte ab. Als ich mich etwas erholt hatte, stürzte ich mich in Abenteuer mit vielen leicht zu erobernden jungen Damen.

Beim Tanzen lernte ich dann auch meine erste Frau kennen. Ich besuchte ihre Familie und war entsetzt über ihr soziales Umfeld, eine sehr kinderreiche Familie, die in einer Baracke wohnte, mit einem verkommenen Trinker als Vater. Es ist schwer zu erklären, ich hätte sie nicht einfach verlassen können. Als sie dann auch noch schwanger wurde, besorgte ich von einem befreundeten Arzt ein Mittel zur Abtreibung. Nach der ersten Spritze bekam sie einen Herzanfall. Ich geriet in Panik und setzte die Bemühungen nicht weiter fort, stattdessen heirateten wir. Nahe Göttingen richteten wir uns eine erste Wohnung ein und meine Frau brachte ein Mädchen zur Welt. Als sich ein zweites Kind ankündigte, zogen wir in eine größere Wohnung in Göttingen. Dort bekamen wir dann einen kleinen Jungen. Ich ging auf in meiner kleinen Familie und bemühte mich meiner Frau etwas Bildung zukommen zu lassen. Als die Kinder etwas größer waren, ermunterte ich sie, eine kleine Arbeit anzunehmen. Im 14ten Ehejahr verließ mich meine Frau und überließ mir die Kinder. Abgesehen davon, dass ein Verlassenwerden das Selbstgefühl angreift, hatte ich nun eine schwierige Zeit mit dem Haushalt, der Versorgung der Kinder und meiner Arbeit. Damit habe ich der beiden Katastrophen in meinem Leben noch einmal bedacht, denn nach einem Jahr fand ich dann ganz unverhofft mein großes Glück.

Nun gehen junge Menschen auf die Straße, um für ihre Zukunft und für die Zukunft nachfolgender Generationen zu kämpfen. Ihre Methoden sind meiner Meinung nach unvernünftig, aber ich teile ihre Sorgen und spüre die Notwendigkeit mich zu engagieren. Die Schwierigkeit ist, ich meine, sie demonstrieren für Scheinlösungen und ihre Forderungen sind nicht geeignet den aufziehenden Gefahren wirksam entgegenzutreten. Es reicht nicht an vielen Stellen ein Pflaster aufzukleben, dazu ist die Komplexität viel zu groß. Ich sehe keine Aussicht, mit der heutigen Weltordnung die drängenden Probleme einer Lösung wirklich zuführen zu können. Die Zeit ist wohl noch nicht reif für eine tiefgreifende Änderung. Ich frage mich bange, wie schlimm muss es werden, um die Menschen zu zwingen ihre Egozentrik aufzugeben, und ist es dann nicht vielleicht schon zu spät für eine Umkehr?

Seit unsere Erde belebt ist, hat sie immer wieder neue Lebensformen hervorgebracht und andere sind ausgestorben, wenn sie sich nicht geänderten Bedingungen anpassen konnten. Menschen gingen einen anderen Weg, sie passten die Lebensbedingungen ihren Bedürfnissen an. Diese Umgestaltung der Umwelt durch die Technik, die den Menschen zunächst einen Entwicklungsvorteil eingebracht hat, ist nun ebenfalls zu einer großen Gefahr geworden. Abgesehen von den Umweltschäden, die dadurch hervorgerufen wurden, sind unsere Abhängigkeiten von den künstlichen Umweltbedingungen kaum noch kalkulierbar. Ein länger andauernder Ausfall der Elektrizität zum Beispiel oder ein Ausfall des digitalen Datenverkehrs, was durch einen starken Sonnenwind hervorgerufen werden könnte, müsste die Existenz der Menschheit in Frage stellen. Dass selbst Kriege mit nicht absehbaren Folgen immer noch möglich sind, haben die jüngsten Ereignisse gezeigt.

Da mich diese Entwicklungen und Gefahren kaum noch betreffen, muss ich als vorgezogene Bilanz zugeben, auch mein bisheriges Leben hat dem irdischen Gesamtorganismus Schaden zugefügt. Ich habe die gesamte Welt bereist, habe ein eigenes Haus, ich habe einen PKW und habe auch immer gut gegessen, geheizt und reichlich Wasser verbraucht. Als Entschuldigung kann ich nur anführen, ich bin bereit mich einzuschränken.

Als Kind hatte ich einen einzigen Schatz, ein Album mit Zigarettenbildern von afrikanischen Tieren. Oft träumte ich von diesem fernen Kontinent. Damals konnte ich nicht ahnen, dass ich ihn mit einer geliebten Frau an meiner Seite in späteren Jahren besuchen könnte. Nach meiner Volljährigkeit dauerte es noch lange, 15 Jahre mit Geldsorgen, einer gescheiterten Ehe und Sorge für zwei Kinder, bis ich die Liebe meines Lebens fand und mit frischem Elan mir auch die Sehnsucht nach diesem Kontinent erfüllen konnte. Voller Vorfreude informierten wir uns. Um gesundheitliche Gefahren zu minimieren, machten wir eine Malariaprophylaxe und versorgten uns mit Mückenspray und Sonnencreme mit hohem Schutzfaktor. Wir wälzten Kataloge und wählten Kenia aus. Dann war es so weit, wir flogen von Frankfurt nach Mombasa. Uns war bewusst, dass dieser Tourismus zwei Gesichter hat. Er gibt Arbeit und bringt Devisen ins Land. Es kommen aber auch gut gestellte Europäer in ein sehr armes Land, noch dazu in ein Land, das in der Geschichte von Europäern gedemütigt wurde und viel Leid erfahren hat. Selbst der gute Wille, der Bevölkerung dort auf Augenhöhe zu begegnen, kann die Unterschiede, die durch eine leidvolle Geschichte nachwirken, nicht verwischen. Wir versuchten diesem Umstand Rechnung zu tragen, indem wir uns einige Worte und Floskeln in der Landessprache aneigneten.

Der erste Kontakt mit Afrika war beeindruckend. Schon am Flugplatz erwartete uns ein Gewimmel von freundlichen Gesichtern gut gelaunter Menschen. Bei der Passkontrolle lächelte uns ein sehr schwarzes Gesicht an und sagte in englischer Sprache: „Sie haben ein falsches Formular, ein altes", nach einer kleinen Pause: „Auch falsch ausgefüllt", ein breites Lächeln, „nicht schlimm, das sieht sich keiner mehr an." Damit legte er es zu anderen Formularen auf einen Haufen und wir durften gehen. Es kann sein, dass dieser Vorgang wohl nicht so wichtig war, doch er hat mich sehr beeindruckt. Es kann aber auch sein, dieser Flughafenangestellte wollte mich nur freundlich auf den Arm nehmen. Immerhin konnte ich mir schwer vorstellen, dass mir in Europa ähnliches passieren würde. Das Hotel war, wie nicht anders erwartet, ein Touristenghetto, aber es war direkt am Strand. Die Halle und der Speisesaal mit der mächtigen hohen Holzkuppel wirkten „afrikanisch". Das Zimmer war nett mit Möbeln aus Holzgeflecht eingerichtet, die Betten hatten Moskitonetze und ein kleiner Balkon war auch vorhanden mit Sicht auf das

Meer. Eine Liegewiese mit großem Pool war zwischen Palmen eingebettet. Ein Stück Strand war den Touristen vorbehalten und wurde bewacht. Ging man etwas am Strand entlang, wurde man von Verkäufern und Animateuren belagert. Die Abwehr dieser armen Leute, die sich einen kargen Lohn erhofften, erzeugte Unbehagen und verdeutlichte die Kluft, die nicht zu überwinden war. Man möchte freundlich sein, aber Freundlichkeit wird als Bereitschaft zu diversen Geschäften angesehen. Schon der erste Ausgang am Strand zeigte, dass es ratsam war, die geschützte Zone am Hotel nicht zu verlassen. Ein Anzeichen alter Ausbeutungsstrukturen zeigte sich am Strand, wenn Arm in Arm alte Männer mit sehr jungen einheimischen Frauen und Frauen im Rentenalter mit einheimischen jungen Männern promenierten. Da lag die Vermutung nahe, dass diese Paare nicht durch beidseitige Zuneigung zusammengeführt wurden. Das hat nichts mit der unterschiedlichen Hautfarbe zu tun, auch in Touristen-

hochburgen in ärmeren Ländern mit hell-
häutiger Bevölkerung ist so etwas zu beobachten. Mich störte die Ausbeutung
materieller Not und in diesem Zusammenhang wurde es sichtbar. Bei echten Paar-
beziehungen sollten Hautfarbe und Kul-
turkreis kein Hindernis sein. Abgesehen
davon, dass ich meinen Kindern bei der
Partnerwahl keine Vorschriften gemacht
hätte, wären mir Hautfarbe und Abstammung kein Kriterium gewesen, obwohl mir
bewusst war, dass sehr verschiedene
Herkunft eine Partnerbeziehung beein-
trächtigen kann. Ich glaube, alle Menschen
sind unterschiedlich, sehr unterschiedlich
und gleichzeitig sind sie im wesentlichem
gleich, die Farbe der Haut oder der
Geburtsort machen keinen echten
Unterschied. Viele Menschen sehen das
sicher anders, denn mit den ge-
schichtlichen Entwicklungen in verschie-
denen Regionen dieser Erde haben sich
auch Vorurteile tief eingegraben, jedenfalls sollte jeder begreifen, wo auch immer
er auf unserer schönen Erde lebt, es gibt
keine unterschiedlichen Menschenrassen,

wenn auch das Aussehen sich sehr unterscheiden mag.

Die Mahlzeiten im Hotel waren eine wahre Schlemmerei. Umsorgt von freundlichen jungen Einheimischen wurde eine reichhaltige Auswahl verschiedener Speisen angeboten. Die Kluft zwischen dem Überfluss, der den Touristen geboten wurde, und ihren eigenen Lebensverhältnissen musste für das Bedienungspersonal gelinde gesagt irritierend gewesen sein, ansehen konnte man ihnen das nicht. Unsere wenigen Bruchstücke in der Landessprache, besonders von meiner Frau, hatten große Wirkung, es war wohl nicht alltäglich, dass Touristen sich dem Personal zuwendeten. Schon bald hatten wir eine bevorzugte Bedienung, Liegen wurden früh für uns mit Auflagen und frischen Handtüchern reserviert und es wurde nach Wünschen nachgefragt. Wir kamen auch mit einem jungen freundlichen Mann, der uns bediente, ins Gespräch, er erzählte uns, wo er wohnt und dass er eine Familie hatte. Er zeigte mir auch, wie man eine Mango teilt, und lachte sehr über meine Befürchtung, dass er sich mit dem großen scharfen Messer, das er dazu verwendete, in die Finger schneidet. Meine Erwartung, seine Freundlichkeit uns gegenüber hätte auch den Grund ein gutes Trinkgeld zu erwerben, erwies sich als falsch, denn als ich ihm beim Abschied etwas mehr Geld als üblich zustecken wollte, meinte er: „Von euch nicht", und wollte das Geld nicht nehmen. Er nahm es erst, als ich sagte, es wäre ein Geschenk für seine Kinder.

Wir hatten fünf Tage Strandurlaub und warteten schon ungeduldig darauf, endlich ins Landesinnere aufbrechen zu können. Früh um fünf Uhr wurden wir geweckt, der Frühstücksraum war noch recht leer, draußen warteten zwei Safaribusse. Unser Gepäck wurde verstaut und wir stiegen ein. In unserem Kleinbus waren wir sechs Personen, ein frisch vermähltes junges Paar, zwei Männer im Rentenalter aus dem Rheinland, wie es an ihrem Tonfall leicht zu erkennen war, und meine Frau mit mir. Am

Steuer saß ein etwas älterer Afrikaner und ein junger mit Mikrofon begrüßte uns in englischer Sprache. Es begann erst hell zu werden und das so spezielle Licht Afrikas verzauberte die Landschaft. Es ging durch einen kleinen Ort mit Verkaufsbuden, die noch geschlossen waren. In der Straße waren an diesem schönen Morgen noch wenig Menschen zu sehen. Gleich hinter dem Ort fuhren wir an einem prächtigen Affenbrotbaum vorbei und dann in ein offenes Buschland mit hohen Schirmakazien. Es dauerte nicht lange, bis wir die ersten Tiere sahen, zuerst einige Thomson-Gazellen, einen Sekretär und einen kleinen Schakal. Unser erstes Ziel war der Tsavo Park West. Im Park sahen wir große Herden von Gnus, Zebras und sogar Hirschantilopen. Der junge Ehemann sah hinter einem Busch einen großen grauen Rücken und rief aufgeregt: „Ein Nashorn!" Es war aber falscher Alarm, ein großes Warzenschwein kam aus dem Dickicht. Zu Mittag machten wir Halt bei einer Verpflegungsstelle. Schon einige Safarifahrzeuge waren geparkt und auf

Tischen waren Gedecke vorbereitet. Wir stellten uns bei der Essenausgabe an und bekamen Fleisch, Gemüse und einen Brei aus Süßkartoffeln. Es mag allein meine Voreingenommenheit sein, ich registrierte lachende und freundliche dunkelbraune Gesichter und hellhäutige Touristen, die misstrauisch in den fremden Speisen stocherten. Mir schmeckte das Essen ausgezeichnet, aber besonders gefiel mir der Ausblick in die schöne afrikanische Landschaft. Ich genoss die Vitalität, die Ursprünglichkeit dieser Landschaft. Diese Landschaft war noch nicht bezwungen von dem Eingriff der Menschen. Daheim in Europa haben die Menschen der Natur Fesseln angelegt. Am wenigsten bemerkt man das in den Wäldern und im Gebirge, die ich beide sehr liebe. Aber unsere Wälder sind auch von Menschen gebändigt, durchzogen von asphaltierten Straßen und befestigten Wegen. In den Bergen durchschneiden Skilifte die Bergflanken und tieferliegende Seen sind umbaut von Ferienhäusern und Hotels, ganz abgesehen von unseren Städten, wo nicht zu übersehbare Flächen überbaut sind, und der Erdboden versiegelt ist. Natürlich gibt es diese großen Städte, die europäischen Städten nacheifern, auch in Afrika. Auch hier haben die großen Menschenmassen keinen Platz für unberührte Natur, aber es gibt noch große Naturreservate, in denen sich die Natur entfalten kann. Die Menschen, die in Dörfern in oder an diesen Reservaten leben, bekommen sicher auch die Nachteile einer ungezwungenen Natur zu spüren, wenn Haustiere gerissen werden oder wenn Elefanten die Felder zertrampeln. Es ist wohl so, jede Schönheit hat auch eine dunkle Seite. Unsere Verpflegungsstelle lag etwas erhöht und auf einer Seite hatte man herrliche weite Sicht. In der Ferne konnte man sogar den Kilimandscharo ahnen, dem wir sogar bei der Weiterfahrt noch näherkommen sollten. Wir hielten dann bei guter Sicht auf diesen majestätischen Berg an, damit jeder mit aller Ruhe fotografieren konnte. Bei diesem Anblick wünschte ich, einmal dort aufsteigen zu können, ich habe es mir jahrelang vorgenommen, doch leider ist es nie dazu gekommen.

Die berühmten „roten" Elefanten sahen wir auf dieser Fahrt leider nicht. Die Nacht verbrachten wir im Klaguni Serena Camp in perfekt ausgestatteten landesüblichen Hütten. Das nächste Ziel war Nairobi, wo wir zu Mittag aßen, am Nachmittag etwas durch Nairobis Straßen fuhren und dann zum Übernachten in ein Hotel gebracht wurden. Am frühen Morgen ging es weiter zur Massai Mara, wo wir gegen Mittag die Mara Sopa Lodge erreichten, dort verbrachten wir in Rundhütten zwei Nächte. Eine junge Afrikanerin brachte uns zu unserer Hütte. Die Betten in der Hütte waren durch zwei Nachtschränkchen getrennt. Ich fragte auf Englisch, ob ich die Betten zusammenschieben und die Nachttische seitlich neben die Betten stellen könne. Die junge Frau nickte bejahend, fing an zu kichern, legte ihre Hand auf den Mund und ging hinaus. Von draußen hörten wir dann lustiges Lachen, und als wir aus der Hütte traten, winkten uns junge Frauen lachend zu.

Bei Ausfahrten sahen wir im Fluss viele Nilpferde und in der Nacht hörten wir laute Geräusche der grasenden Giganten. Wir trafen auch die ersten rotgekleideten Massai. Diese hochgewachsenen Menschen bieten einen schönen, stolzen Anblick, aber der Gedanke, dass sie mit ihrem Kampf um ihre traditionelle Kultur auf verlorenem Posten stehen, machte mich fast traurig.

Bei meinen Versuchen mir die Geschichte Afrikas zu erschließen, hatte ich immer wieder die Erkenntnis, dass es Europäer waren, die über die Geschichte berichteten, natürlich aus europäischer Sicht. Der Einfluss der Europäer ist aus der Geschichte Afrikas nicht wegzudenken, auch nicht die oft verheerenden Folgen. Dennoch meinen viele Geschichtsschreiber, der Einfluss von Europa hätte Entwicklung und Fortschritt gebracht. Bevor Europäer Afrika besetzten, war die afrikanische Geschichte sicher keine heile Welt, sicher gab es Unterdrückung und Leiden auch durch alte gewachsene Kulturen. Für viele dieser alten Kulturen gibt es keine schriftlichen Überlieferungen und so sind Zeugnisse von ihnen sehr bruchstückhaft. Für das Überlegenheitsgefühl der weißen Rasse besteht bei kritischer Betrachtung kein Anlass. Wer meint, sich über Kultur, Glauben und Aberglauben erheben zu können, sollte die eigene Kulturgeschichte und den eigenen Glauben kritischer in Betracht ziehen. Diese Gedanken kamen mir, als ich am Abend mit einem der Einheimischen, der mit zwei anderen in der Nacht das Camp bewachen musste, ins Gespräch kam und wir uns über Weltpolitik und afrikanische Gegebenheiten austauschten. Wie er mir noch mitteilte, seien die bewaffneten Wachen durchaus notwendig, da die nachts grasenden Nilpferde sehr gefährlich wären.

Der nächste Tag war einer ganztägigen Safari vorbehalten. Nun sahen wir den ganzen Tierreichtum. Unser kleiner Bus fuhr sehr dicht an ein Löwenrudel heran. Ein männlicher Löwe schlenderte dicht an das Fahrzeug heran und hob verachtungsvoll sein Hinterbein. Wir hätten noch länger fotografiert, doch es kamen weitere Wagen und unser Führer wollte lieber weiter. Nach dem Picknick zur Mittagszeit fand unser Führer mit dem Fernglas Geparden und wies den Fahrer an näher heranzufahren. Es waren drei Tiere, die in einer Reihe vorwärtsstrebten, und unser einheimischer Begleiter sagte, dass sie auf Jagd wären. Die Tiere teilten sich dann auf und beschleunigten. Wir verloren sie kurz aus den Augen, und als wir wieder ein Tier zu Gesicht bekamen, hockte es über einer gejagten Antilope, der es die Kehle zudrückte. Nach einiger Zeit richtete der Gepard sich auf und bellte in sehr hohen Tönen, er rief nach geglückter Jagd seine Kameraden.

Wir bewunderten Giraffen, an die wir nah heranfahren konnten. Wenn man aus der Nähe zu ihnen hinaufguckt, glaubt man kaum, dass Blut so hochgepumpt werden kann.

Es gab große Herden mit Gnus und Zebras. Ich weiß nicht, ob andere Beobachter meinen Eindruck teilen, Gnus erheitern mich, sie sehen in meinen Augen albern oder besser töricht aus, ich weiß nicht recht warum, jedenfalls kann ich bei den Bocksprüngen junger Gnus nicht ernst bleiben.

Nach der zweiten Nacht in diesem Camp machten wir eine Frühpirsch und brachen nach dem anschließenden Frühstück zur Weiterfahrt zum Lake Naivasha im Rift Valley auf. Nach dem Mittagessen in der Sopa Lodge hatten wir den Tag zur Verfügung, ich benutzte die Gelegenheit und machte mit unserem Guide eine kleine Tour zu Fuß am Ufer des Sees. Am Ufer sonnten sich Krokodile, wir hielten einen größeren Abstand zu den Tieren, denn sie können selbst an Land ziemlich schnell werden. Er erzählte mir von einem Freund, der versucht hätte nach Europa zu kommen und von dem er nichts mehr höre. Ich sagte ihm, das Schleusen sei meist ein schmutziges Geschäft und würde von Kriminellen betrieben. Sehr viele Menschen seien schon im Mittelmeer ertrunken, da zu viele in unzureichenden Schiffen zusammengepfercht würden und Europa nicht erreichten. Die Geretteten hätten es dann auch noch nicht geschafft und viele würden zurückgeschickt. Ich sagte ihm auch, es könne sein, er fände das seltsam, aber ich glaube, Europa würde in der Entwicklung in weiterer Zukunft eher zurückbleiben und die Zukunft läge in Afrika, wenn erst einmal die Auswirkungen des Kolonialismus überwunden wären, es sei denn, dass unser Erdklima nachhaltig gestört würde und die tropischen Länder am meisten darunter zu leiden hätten.

Am nächsten Tag fuhren wir in den Amboseli Nationalpark. Nach sehr schönen Pirschfahrten mit unzähligen Tierbeobachtungen brachen wir am folgenden Morgen auf und fuhren zum Tsavo Ost Nationalpark, wo wir dann auch Elefantenherden zu Gesicht bekamen. Nach einer letzten Pirschfahrt ging es zurück nach

Mombasa. Neben den wunderschönen Erlebnissen hatte ich auch reichlich Filmmaterial und Fotografien im Gepäck. Ich wusste aber auch, es war nicht das letzte Mal, dass ich zu der Wiege der Menschheit zurückkehrte, meine nächste Reise sollte Kenia und auch Tansania einschließen.

Daheim waren meine Gedanken noch viel bei dem Erdteil weit im Süden. Ich wusste, dass ich nur das Afrika, das den Touristen gezeigt wird, gesehen hatte. Mit wachsamen Augen konnte man auch Armut sehen, aber dorthin, wo Menschen auf der Flucht sind und wo Menschen nicht nur hungern, sondern auch verhungern, dahin kamen keine Touristen. Ich versuchte meine Kenntnisse über die afrikanische Geschichte zu vervollständigen. Gern hätte ich etwas über das Geschichtsverständnis von Afrikanern in Erfahrung gebracht, doch das war recht schwierig. Selbst Geschichtsliteratur, die in Afrika veröffentlicht wurde, bezog sich meist auf Ergebnisse europäischer Forscher. Gemeinsam war wohl die Feststellung, dass sich in Afrika aus dem Homo erectus der anatomisch moderne Mensch, der Homo sapiens, entwickelte, der sich im Laufe der Zeit nach Europa und Asien ausgebreitet hatte. Dementsprechend entdeckte man auch die ältesten Steingeräte in Afrika. In Nordafrika befand sich im Niltal eine der ersten bekannten Hochkulturen. Daneben gab es noch kaum erkundete Hochkulturen in der heutigen Türkei und in Indien. Auch in Ost- und Südafrika befanden sich bedeutende Kulturen, so wie im Gebiet des heutigen Sudan, damals Nubien oder Kusch genannt. Nubische Pharaonen haben zudem für eine Dynastie über ganz Ägypten geherrscht. Auch das Reich der Königin von Saba soll sich über Teile des Horns von Afrika bis in den Norden Äthiopiens erstreckt haben. Karthago im heutigen Tunesien war um die Mitte des 1. Jahrtausend v. Chr. die herrschende Großmacht, bis sie in den Punischen Kriegen von Rom abgelöst wurde. In Westafrika gab es auch Hochkulturen wie zum Beispiel die Ashanti und die Haussa. Es gibt Funde, dass die Eisenverhüttung in Afrika lange vor Europa schon bekannt war. Später wanderten arabische Stämme in Nordafrika ein. In den folgenden Jahrhunderten wurde Nordafrika fast vollständig islamisiert, der Sahel, West- und Ostafrika teilweise. Im 9. bis 15. Jahrhundert entwickelten sich im heutigen Mali mächtige unabhängige Königreiche. Nach der sogenannten Entdeckung Amerikas wurde Afrika für Europäer als Quelle für Sklaven interessant. Ein erheblicher Anteil der Bevölkerung in den südlichen USA, Südamerika und den Inseln der Karibik ist afrikanischer Abstammung. Die Menschen stammten meist aus einheimischen Königreichen, aus denen sie verschleppt wurden. Der Handel wurde von arabischen Händlern beherrscht. Der Transport mit den Sklavenschiffen geschah mit europäischen Schiffen unter unvorstellbaren Bedingungen, wobei oft nur die Hälfte der entrechteten Gefangenen überlebte. Das Leid, das diesen Menschen zugefügt wurde, ist kaum vorstellbar, oft wurden sie schlimmer als Tiere behandelt.

Mit dem Aufkommen des Imperialismus wuchs das Interesse europäischer Großmächte an diesem Kontinent und der Wettlauf um Land in Afrika führte innerhalb von 20 Jahren zur Besetzung fast der gesamten Gebiete. Auf der Kongokonferenz 1884 in Berlin wurde der größte Teil Innerafrikas zwischen europäischen Mächten mit willkürlichen Grenzen aufgeteilt. Einheimische Kulturen wurden entmündigt und unterdrückt. Deutschland tat sich in diesem Zusammenhang mit dem ersten bekannten Völkermord an Herero und Nama sehr unrühmlich hervor. Für junge Europäer sind dieser Hochmut und die Gewalt gegen Menschen anderer Hautfarbe Geschichte, aber Geschichte bricht nicht einfach ab, sie schleicht sich weiter und vernebelt immer wieder Gehirne. Im Zuge der Dekolonisierung Afrikas wurden Staaten um 1950 unabhängig. Doch willkürliche Grenzziehungen in der Kolonialzeit und einseitige Wirtschaftsausrichtung führten dazu, dass die politische Lage der meisten Staaten instabil ist und dass autoritäre

Regime vorherrschten. Es fehlten tragfähige demokratische Strukturen. Dadurch fiel ein großer Teil der natürlichen Reichtümer des Kontinents der Korruption zum Opfer, beziehungsweise wurde von internationalen Konzernen abgeschöpft. Außerdem leidet Afrika an einer unterentwickelten Infrastruktur und in Verbindung mit dem Klimawandel an klimatischen Problemen. Damit ist vieles angerissen und es lohnt sich, sich damit näher zu beschäftigen.

Europa hat in Afrika an Einfluss verloren, in das entstandene Vakuum begeben sich nun Russland und China mit einem großen Kapitaleinsatz und ich fürchte, dass dadurch früher oder später die Meinungsfreiheit in Gefahr gerät.

An eine weitere Reise in den afrikanischen Kontinent denke ich oft zurück. Meine Frau hatte sich von meiner Sehnsucht nach Afrika anstecken lassen und so flogen wir wieder nach Mombasa, um von dort, ausgesuchte Naturparks zu besuchen. Wir flogen in einer Cessna weiter nach Arusha in Tansania. Der Flug war ein zusätzlicher Genuss, insbesondere, als wir nah am Kilimandscharo vorbeiflogen. Dieser wunderschöne Bergkegel mit einer weißen Kappe mitten in Afrika hat mich sehr beeindruckt.

Der Garten des Hotels in Arusha war voller blühender Bäume und von dort hatten wir einen schönen Ausblick auf den Mount Meru, ebenfalls ein alter Vulkan und 4567 Meter hoch. In dem schönen Garten des Hotels wurden uns Kaffee und Kuchen serviert. Ein junger Mann in der Uniform des Hotels war mit einem langen Stock dazu abgestellt, die sich in den Bäumen tummelte Affenhorde zu verjagen. Einige Affen kamen von dem Baum herunter und lenkten die Aufmerksamkeit unserer Bewachung auf sich. Von der anderen Seite sprang ein Affe über eine am Tisch sitzende etwas korpulente Frau, wobei er ihren Hut herunterriss, schnappte sich ein Stück Kuchen, und ehe jemand reagieren konnte, war er schon wieder auf dem Baum. Die Frau schrie laut. Aus dem Hotel eilte sogleich ein Kellner herbei, beschimpfte den Aufpasser, säuberte den Tisch und entschuldigte sich.

Wir machten einen kurzen Ausflug zu einer Kaffeefarm, dabei kamen wir an mächtigen Affenbrotbäumen vorbei. Dann machten wir eine Ausfahrt zum Lake Manyara. Auch dort sahen wir schöne Bäume, große Schirmakazien, den Flammenbaum, Kandelaber Kakteen sowie Leberwurstbäume und es wimmelte von Pavianen. Zuerst sahen wir Giraffen und Impalas, dann trafen wir auch auf viele Elefanten. Wir kamen an großen Herden von Wasserbüffeln vorbei, Herden von Gnus durften natürlich nicht fehlen und nahe den Gnus war eine Ansammlung von Marabus zu sehen. Nach einem herrlichen Sonnenaufgang am Lake Manyara, der den Horizont über dem See blutrot färbte, fuhren wir weiter in Richtung Serengeti, kamen an kleinen Dörfern vorbei und hatten Kontakte mit der Bevölkerung. In der Serengeti nächtigten wir 3 Tage in der Seromera Wildlife Lodge. Diese traumhaft schöne Lodge wurde von einer englischen Architektin in einen Granitfelsen hinein konstruiert.

Unsere Tage waren angefüllt mit Pirschfahrten und Picknicks in der freien Natur. Wir konnten in Ruhe Löwenrudel beobachten und filmten sie an der Tränke am Fluss. Ein schönes Foto bekamen wir von den Hinterteilen von vier Löwendamen aus der Nähe, die sich wie aufgereiht nebeneinander zum Trinken zur Wasserfläche hinunterbeugten. Gut geschützt im Safaribus mussten wir die Löwen nicht fürchten und konnten sehr nah an die Tiere heranfahren, auch schienen sie sich von uns nicht gestört zu fühlen. Da machte sich wohl doch Gewöhnung an den Tourismus bemerkbar. Wir sahen sogar einen Leoparden, der sich in einem Baum ausruhte. Im weiten Land unter Schirmakazien grasten Thomson-Gazellen, Impalas. Kuhantilopen und Topis. Von den grasenden Topis stand ein Tier meist auf einem kleinen Hügel und hielt wie versteinert Ausschau.

Am anderen Morgen hatten wir wieder das Schauspiel eines blutroten Sonnenaufgangs. Das Licht in Afrika begeisterte mich, ich fand, es ist anders als das Licht in Europa, kann aber nicht erklären, woran das liegt. Den Unterschied nahm ich rein gefühlsmäßig wahr, doch meine Liebste sagte, sie fühle das ebenfalls. An diesem Tag sahen wir viele Elefanten und eine große Sippe von Tüpfelhyänen. Ein großer Marabu ließ sich von dem nahenden Safarifahrzeug nicht aus der Ruhe bringen und der Fahrer musste ausweichen. Nach dem Abendbrot hörten wir afrikanische Lieder. „Jambo, habari jako, habari gani." Das Licht hinter den Schirmakazien erstarb und der blaue Himmel färbte sich gelblich mit einem Strich Orange am Horizont. Auf der letzten Fahrt in der Serengeti beobachteten wir jagende Löwen, das Leittier trug ein Halsband. Später sahen wir einem Gepard, der mit seinen drei Jungtieren spielte. Die vielen kleineren Tiere kann ich nur kurz erwähnen, wir sahen viele Vögel, auch die beeindruckenden Kolonien aus Nestern von Webervögeln, eine Rotkopfmangame, Schakale und noch viele andere einheimische Tiere. Wir kamen an mächtigen Termitenhügeln vorbei und gegen Abend beobachteten wir noch die Spiele der Nilpferde. Die drei Tage gingen zu schnell vorbei und wir fuhren weiter zu der Olduvai Schlucht, wo man Schädel von Urmenschen gefunden hatte, die dort vor 1,75 Millionen Jahren gelebt hatten. Lange Zeit war man der Auffassung, dass sich der moderne Mensch vor rund 2 Millionen Jahren in Ostafrika entwickelt hat. Zwar fand man verteilt über den ganzen Kontinent Relikte von Steinwerkzeugen, die mehr als 3 Milliarden Jahre alt waren, aber man konnte sie keinen Funden von menschlichen Knochen zuordnen. Das änderte sich in jüngster Zeit, als man in Marokko, und zwar in Irhoud, menschliche Schädelfragmente und Knochenteile fand und deren Alter mit ungefähr 3 Millionen Jahren bestimmen konnte. Verwunderlich war, dass diese Fundstellen von denen in Ostafrika durch die Wüste getrennt waren. Neuere Forschungen zeigen, dass die

Sahara zeitweise begrünt und fruchtbar war, unterbrochen von Trockenperioden. Es ist zu vermuten, dass dieser Wechsel der Vegetation dazu beitrug, die Evolution der Frühmenschen voranzutragen.

Über Holperstraßen kamen wir an einem Dorf der Massai vorbei und erreichten den Ngongoro Krater. In 2300 Meter Höhe am Rande des 600 Meter tieferliegenden Kraters hatten wir vom Balkon des Hotels einen romantischen weiten Ausblick. Am kommenden Tag ging es zu einer Ganztagssafari hinunter in den Krater. Im Krater fuhren wir zuerst an einen kleinen See mit Flamingos, Nilpferden und Krokodilen. Ich fragte mich, woher in diesem tiefen Krater mit hohen Seitenwänden Krokodile kommen, sie müssen doch über Land eine große Strecke eingewandert sein. Ich fragte unseren Reiseführer, aber der war auch ratlos. Am Ufer des Sees grasten Zebras und einige Antilopen. Auf der Weiterfahrt passierten wir eine Herde mit Kühen, die von Massai bewacht wurden. Danach sahen wir Riesentrappen

und nun Nashörner. Es waren Spitzmaul-
nashörner oder auch Schwarze Nashörner
genannt. Unser Fahrer fuhr vorsichtig näher. Ein Nashorn fühlte sich von uns gestört
und nahm Fahrt auf. Mit einem Aufschrei
gab unser Fahren Gas, dass sich die Räder
durchdrehten. Es war aber nur ein kleiner
Galopp, nach wenigen Metern blieb das
Tier stehen. Wir sahen noch viele andere
Tiere, auch ein Löwenrudel. Der Krater war
sehr belebt, obwohl er auch von Massai als
Weide genutzt wird. Mittags hatten wir ein
Picknick, das von den Begleitern sehr
lecker zubereitet war. Bei der Weiterfahrt
sahen wir eine Herde Elefanten, denen sich
ein kleines Nashorn angeschlossen hatte,
es ging am Schluss der Herde, hielt aber
Kontakt. Als die Sonne sank, fuhren wir aus
dem Krater hinaus und konnten dann vom
Balkon den Sonnenuntergang beobachten.
Meine Frau hatte sich mit einer der
Putzfrauen mit einigen Worten in der
Landessprache angefreundet, sie fragte,
wie heißt du und wie geht es der Familie.
Der Rest der Unterhaltung war dann
Zeichensprache. Am folgenden Morgen

begrüßte die Putzfrau uns freudig, und rief laut durch das ganze Treppenhaus Franziska. Sie ließ sich sogar fotografieren, obwohl es einen Aberglauben gibt, dass ein Foto einen Tag des Lebens kostet. Bei unserer Abfahrt winkte die Afrikanerin uns laut „Franziska" rufend nach.

Wir fuhren nun Richtung Tarangire Nationalpark vorbei an blühenden Baobabs. Im Nationalpark waren große Elefantenherden. Im Park übernachteten wir in Zelten. Abends nach der Mahlzeit saßen wir zusammen am Feuer und sangen. Ein Einheimischer spielte Gitarre. Es wurde wieder ein sehr farbenprächtiger Sonnenuntergang. Als wir danach zum Schlafen im Zelt lagen, brüllten ganz in der Nähe Löwen. Bei der Ausfahrt am kommenden Tag sahen wir vorwiegend Elefanten, aber auch Warzenschweine, Impalas und Perlhühner. Ein Baum war voller Webervögelnester.

Zurück in Arusha konnte unser Flugzeug nicht starten, da es in Mombasa stark regnete. So hatten wir noch einen Tag Zeit und besuchten einen Kindergarten. Die Kinder sangen uns ein Lied vor. Diese ernsthaften Kindergesichtchen waren hinreißend, in Gedanken wünschte ich, dass Afrika ihnen einmal später gerechte Chancen bieten möge. Nachmittags konnten wir starten und landeten an der Südküste Kenias. Auf einem verrotteten Seelenverkäufer setzten wir in einer Traube von Menschen über zur Diana Beach. Von dort machten wir noch einen Ausflug zu den Shimba Hills. In einem bewaldeten Gebiet sahen wir Säbelantilopen und Giraffen. Auf der Rückfahrt fuhren wir noch in ein kleines Dorf Ukunda und bewunderten einen mehr als 5oo Jahre alten Baobab. Ein Holzschnitzer hatte einen sehr schönen Massai Kopf, den ich bewunderte und nach dessen Preis ich fragte. Er sollte 30 Dollar kosten. Ich sagte dem Schnitzer, für den Preis möchte ich auch noch eine Frau dazu haben. Er willigte ein und sagte, er könne die Frau gegen Abend fertig haben. Als wir ihn später wieder aufsuchten, bekamen wir zwei kunstvoll geschnitzte Figuren.

Danach verbrachten wir noch sechs schöne Badetage am Indischen Ozean.

Drei Jahre waren seit dieser Reise vergangen und ich sehnte mich erneut nach Afrika. Nach reiflichen Überlegungen kamen wir überein, eine Reise nach Südafrika zu buchen. Von Frankfurt flogen wir nach Kapstadt. Ein Freund gab den guten Rat, kein Geld zu tauschen, das könnten wir schon auf dem Flughafen in Kapstadt erledigen und dort wäre es sehr viel billiger. In Kapstadt war Feiertag und Wechselstuben geschlossen. Der Taxifahrer lehnte meine Dollars ab, der Empfangschef im Hotel konnte oder wollte nicht helfen. Eine junge Einheimische an der Garderobe fragte mit vorzüglichem Englisch, was wir für Schwierigkeiten hätten, borgte uns das Geld für den Taxifahrer und beschrieb den Weg zum nächsten Geldautomaten. Damit waren aber die Schwierigkeiten noch nicht ausgestanden. Meine Bankkarte verschwand in dem Automaten, aber weder kam Geld heraus noch kam meine

Karte zurück. Ich wagte nicht den Geldautomaten mit meiner Karte zu verlassen. Der Taxifahrer beruhigte mich und war so freundlich die Bank anzurufen. Nach geraumer Zeit kam ein Bankangestellter und holte meine Karte aus dem Automaten. Ich war skeptisch die Auszahlung erneut selbst zu versuchen, ließ den Bankangestellten für mich den Automaten betätigen und es gelang ohne Schwierigkeiten. Den Nachmittag hatten wir noch zur freien Verfügung und so besuchten wir den Kirstenbosch Botanischen Garten. Dieser Garten ist ein Juwel und war genau das Richtige zum Entspannen für mein Frauchen, die mitgefiebert hatte, und für mich. Am zweiten Tag wurden wir mit einem kleinen Bus vom Shongololo Team abgeholt und fuhren Richtung Kap der guten Hoffnung. An einem Strand mit einer großen Pinguinkolonie hielten wir und gingen vorsichtig an die Tiere heran. Wenn man sich an den Gestank etwas gewöhnt hatte, war das Gewusel lustig und die Tiere schienen an Besucher gewöhnt und ließen sich nicht stören. Über die Bucht konnte man in der Ferne Kapstadt sehen. Mittagsrast gab es in einem kleinen Hafen.

Vom Turm am Cape Point wanderten wir zum Cape der guten Hoffnung und wurden tüchtig durchgepustet. Dann standen wir oben auf den Felsen und hatten nach rechts die Sicht auf den Atlantik und zur Linken zum Indischen Ocean. Auf der Rückfahrt hielten wir zu einem Stopp an der Küste mit einem schönen Blick auf Kapstadt und den Tafelberg. Abends gingen wir zur Waterfront nach Cape Town und speisten am Hafen sehr vornehm. Kleine dunkelhäutige Mädchen führten sehr anmutig einen Tanz auf. Nun hatten wir einen Tag zur freien Verfügung und besichtigten Teile der Stadt und das Regierungsgebäude. Wir liefen noch einmal durch den Botanischen Garten.

Dann stand eine Ausfahrt durch die sogenannten "Hottentottenberge" an. Im Regen besichtigten wir das alte Universitätsstädtchen Stellenbosch und machten anschließend auf einem Weingut eine Weinprobe. Am nächsten Tag wanderten wir bei strahlendem Sonnenschein an der Steilküste des Indischen Oceans entlang, liefen in einer einsamen Bucht zum Sandstrand hinunter und badeten im Ocean.

Nun ging es mit der Bahn weiter. Auf dem Bahnhof begrüßte uns das gesamte Serviceteam mit einem Lied. Wir übernachteten im Schlafwagenabteil des Shongololo. Wir verließen Kapstadt am späten Vormittag. Das Mittagessen gab es im Speisewagen und nachmittags einen Tee in der gemütlichen Lounge und im Aussichtswagen. Die erste Station war Muinzenberg. Hinten am Zug waren Transportwagen für die Safaribusse angehängt, die bei den Haltepunkten schnell entladen wurden, um Ausfahrten ins Umland zu unternehmen. An das Fahren in der Nacht konnte ich mich schnell gewöhnen, morgens gab es dann im Abteil einen Early Morning Tea und gefrühstückt wurde anschließen ausgiebig im Speisewagen. In Port Elizabeth besuchten wir ein Delfinarium und danach den Addo Elephant Park, in dem wir aber keinerlei Elefanten, sondern Kuhantilopen sahen, die auch Red Hartebeest genannt werden. Bei einer anderen Ausfahrt sahen wir der Fütterung der gefährlichen Hyänenhunde zu und trafen auf ein Löwenrudel mit Jungtieren. Wir fuhren durch die Karo Halbwüste und besuchten eine Straußenfarm, wo mein Frauchen natürlich drei leere Straußeneier erwarb, die wir auf der gesamten Weiterreise pfleglich behandeln mussten. Dann kamen wir in die Drakensberge und machten dort eine ausgiebige Wanderung. So richtig wandern ist in einer größeren Gruppe schwierig, aber wir haben diesen Ausflug sehr genossen. Im Zug und bei den Ausfahrten hatte sich uns ein etwas seltsames deutsches Paar angeschlossen. Sie waren mittleren Alters und schienen untrennbar, jedoch sie stritten laufend, machten sich Vorschriften und verwahrten sich dagegen. Uns gegenüber waren sie aber sehr verträglich. In der Hafenstadt Durban hielten wir uns etwas länger auf, wir besuchten den wunderschönen Botanischen Garten und eine Vogelschau, gingen an den Strand und meine Liebste konnte im Indischen Ocean schwimmen, was sie schon etwas vermisst hatte. Bei der Weiterfahrt übernachteten wir für zwei Tage in einer Lodge im Hluhluwe Game Reservat. Von der Terrasse der Lodge hatten wir einen herrlichen Ausblick über den Park. Dort sahen wir wieder viele Tiere, sogar ein Nyala. Während unsere einheimische Reisebegleiterin das Picknick vorbereitete, gingen meine Frau und ich auf einem Bohlenweg zu einen Beobachtungsstand An einer Tränke waren Zebras und Gazellen versammelt und dann kamen zwei Nashörner dazu.

Am zweiten Tag machten wir eine Safari zu Fuß. Wir mussten in einer Reihe gehen, jeder dicht hinter seinen Vordermann, voraus lief ein Ranger mit Gewehr und ein zweiter ging am Ende der Schlange. Diese Formation soll bei wilden Tieren den An-schein erwecken, die Menschenschlange wäre ein großes Tier. Bei einer Rast erzählte unser bewaffneter Begleiter, dessen Arm aufgeschabt und vernarbt war, ihn hätte ein Nashorn um einen Baum herum gejagt und er hätte in seiner Angst an der rauen Rinde des Baumes die Haut abgeschrammt. Zu Fuß durch das freie Buschland zu gehen war ein ganz besonderes Erlebnis. Es war das Gefühl, ganz mit der Natur verbunden zu sein, im Auto ist man doch ein wenig isoliert. Nahe bei Giraffen zu stehen, an ihnen hinaufzusehen und sich dabei recht klein zu fühlen, war eindrucksvoll. Danach kamen wir auch an eine Gruppe von Nashörnern heran. Als sich ein Tier von der Gruppe löste und in unserer Richtung antrabte, nahm der einheimische Begleiter sein Gewehr und entsicherte. Hatte das Nashorn das Entsichern des Gewehrs gehört? Jedenfalls bremste es ab und blieb stehen. Wir zogen uns vorsichtig zurück. Am Abend hatte ich in der Lodge ein längeres Gespräch mit unserem einheimischen Reisebegleiter über Ethnien, kulturelle Gebräuche,

Naturschutz und schließlich über Weltpolitik. Er sprach ein wenig Deutsch und ein fließendes Englisch, jedenfalls sprach er besser Englisch als ich. Als wir mit dem Shongololo weiterfuhren, machten wir bei dem nächsten Halt eine Visite in einem traditionellen, historischen Zulu Dorf. Für die Besucher wurde ein traditioneller Tanz aufgeführt. Ich wusste, das war für Touristen arrangiert, und doch, es war auch noch ein kleiner Teil ursprüngliches Afrika.

Am nächsten Tag hatten wir eine längere Anfahrt mit den Kleinbussen in das Königreich Swaziland. Dem Anschein nach herrschten in diesem kleinen Königreich etwas bessere Lebensbedingungen als im Umland. Die meisten Häuser waren aus Stein gemauert und verputzt, mit kleinen Vorgärten.

Auf den Krüger Nationalpark war ich schon sehr gespannt, nun brachen wir am frühen Morgen mit Alan als Führer auf, um einen ganzen Tag auf Pirschfahrt zu gehen. Wir beobachteten Kudus, verschiedene Affen und Giraffen, einen Gelbschnabeltako sah ich zum ersten Male. Wir gingen mit dem Guide Alan sehr nah an zwei liegende Nashörner heran. Wir sahen Nilpferde und Krokodile, nur die Elefanten hielten sich versteckt. Erst als wir aus dem Park wieder herausfuhren, brach ein Elefant durch die Büsche und schaute dem Auto nach. Es kam nun schon wieder das nächste Highlight. Mit Alan fuhren wir in die Drakensberge, machten dort Wanderungen, stiegen an Felsen empor, vorbei an Wasserfällen und konnten von dort weit in das Land schauen.

Am nächsten Tag lief der Shongololo in Johannisburg ein. Wir hatten Anweisung, den Bahnhof nicht zu verlassen, bis wir zu den Kleinbussen geleitet werden konnten. Ein Mann aus unserer Reisegruppe hielt sich nicht daran und wollte vor dem Bahnhof fotografieren. Verzweifelt kam er zurück zur Reisegruppe. Ihm war seine Fototasche entrissen worden und erst später bemerkte er, dass ihm die Tasche seiner

Hose aufgeschnitten war und seine Brieftasche mit Geld und Papieren fehlte. Es wurde von der Polizei aufgenommen und verzögerte unser Programm, aber genützt wird es nichts haben. Ich kann diesen Vorfall kaum bewerten, es war der Leichtsinn eines Europäers. Bei einer Arbeitslosigkeit von über 50%, und zwar ohne staatliche Unterstützung, muss mit ähnlichem gerechnet werden. Ich würde auch in ausgesloser Lage versuchen, meine Familie nicht verhungern zu lassen. Andererseits kann ich den Leichtsinn des Geschädigten insoweit verstehen, da ich in Afrika in den Dörfern und sogar in den Armutsvierteln noch nie ein Gefühl der Bedrohung gehabt habe.

Wir machten einen Abstecher nach Soweto, besuchten einen Kindergarten und trafen eine der starken Frauen Afrikas, Mama Simba, wie sie genannt wurde, die sich dem Kampf gegen die Armut verschrieben hat. Afrika hat viele wunderbare und starke Frauen und ich hoffe, dass sich ihr Einfluss nach und nach weiter durchsetzt.

Die Reise mit dem Shongololo war damit zu Ende, auf uns wartete eins der großen Glanzlichter dieser Reise. Wir flogen von Johannisburg zu den Viktoria Falls in Simbabwe. Die erste Überraschung war das Edelhotel im feinsten englischen Stil. In so einem feinen Hotel waren wir noch nie. Wir hielten uns nicht beim Staunen auf und liefen, kaum hatten wir das Gepäck abgelegt, in die Richtung, aus der ein Dunstschleier den Wasserfall ankündigte. Nun standen wir vor den Wassermassen, die hundert Meter tief in den Abgrund stürzten. Ein Nebel feinster Tröpfchen durchnässte uns, wir liefen aber an dem Abgrund weiter und staunten. Zurück im Hotel mussten wir uns umkleiden und dann wurde sehr vornehm gespeist. Sogar getanzt haben wir noch am Abend, bevor wir in die vornehmen Betten schlüpften. Nach dem üppigen Frühstück gab es eine Führung zum Wasserfall. Wie staunten wir, als sich herausstellte, dass wir am Vorabend nur einen kleinen Teil dieses Naturwunders gesehen hatten. Über eine

Breite von 1,7 Kilometern stürzt der Sambesi über 100 Meter in die Tiefe. Heute hatte sich sogar ein Regenbogen in der Gischt gebildet. Wir wanderten an den tosenden Wassern entlang bis zum Auslauf, wo eine Brücke die Schlucht überspannt, und konnten sehen, wie sich Personen an Gummiseilen von der Brücke in den tiefen Abgrund stürzten. Am Nachmittag machen wir nach einem Besuch in einem Dorf in der Nähe eine Bootsfahrt auf dem Sambesi. Als unser Boot ziemlich nah der Kante kam, wo das Wasser in die Tiefe stürzt, war es ein unheimliches Gefühl, aber der Bootsführer steuerte gelassen zurück zum anderen Ufer, wo Krokodile sich am Ufer sonnten. Während unserer Bootsfahrt hatte sich die Sonne dem Horizont genähert und tauchte den Fluss in ein warmes Licht.

Ich gleite zurück in die Gegenwart, in Deutschland steht die Abschaltung der letzten drei Kernreaktionen an. Schon lange war der endgültige Ausstieg aus dieser Technologie beschlossen, doch durch die

Energiekrise, die durch den völkerrechtswidrigen Überfall Russlands auf die Ukraine entstand, ließ man die Reaktoren noch kurze Zeit am Netz. Die Berichterstattung der Medien, in denen diese Abschaltung nun mit allen Kräften bekämpft wird, macht mich betroffen und lässt mich an meinem Glauben an interessenlose Berichterstattung zweifeln. Die Abschaltung wird nun als große Dummheit diffamiert, weil in einer Übergangszeit Kohlekraftwerke für die Grundlast einspringen müssen. Das ist natürlich sehr schlimm, doch wird nicht gesagt, dass die Atommeiler erst einer längeren technischen Wartung bedürften und dass neue Uranstäbe nicht zur Verfügung stehen und wohl aus Russland beschafft werden müssten. Außerdem ist anscheinend aus dem Bewusstsein verschwunden, dass es noch nicht möglich war, in Deutschland ein Endlager für den tausende von Jahren strahlenden Abfall zu finden. Es kann durchaus sein, dass die Erzeugung von insgesamt teurem Strom in modernen Kernreaktoren für die CO_2-

Bilanz günstiger ist, doch in diesem technischen Ansatz zeigt sich, wie weit die Menschheit von einem Gleichgewicht mit der Natur entfernt ist. Es ist das alte Primat des Wirtschaftswachstums. Investitionen in diese teure Technologie nehmen Ressourcen für den Ausbau der regenerierbaren Energieerzeugung. Dabei muss nicht erwähnt werden, welche Gefahren in der Kernenergie stecken und wie anfällig sie durch den klimabedingten Wassermangel werden kann. Die Argumente der Atomenergiebefürworter sind teilweise plausibel und müssen ernst genommen werden, doch sie sind beängstigend in ihrer Einseitigkeit und in ihrem sichtbaren Interessenkonflikt.

Diese erneute Atomdiskussion leitet meine Gedanken zurück zu den Demonstrationen der Zeit nach dem Unglück in dem ukrainischen Reaktor, der viele Todesopfer forderte und große Landflächen verstrahlte. Damals war ich noch technikgläubig und der Auffassung, der technische Fortschritt könne die Gefahren dieser Technologie beherrschen. Ich erinnere mich nur an einen damaligen Vorbehalt, ich war der Meinung, dass über viele tausend Jahre nicht kommuniziert werden könnte, welche Gefahr von den Lagerstätten ausgebrannter Elemente ausgeht. Dann kam die Naturkatastrophe in Fukushima, wo ein Erdbeben die Kernschmelze auslöste. Danach wurde mir bang zumute, wenn ich die Landkarte Europas mit den eingezeichneten Massen an Kernreaktoren sah, und mir wurde bewusst, dass diese Technik ein Teil der Aggression der Menschen gegen das Leben ist. Mein erster Kontakt mit Kernenergie fand bereits sehr viel früher statt und ist eingeflochten in eine längere Geschichte. In der Zeit, als meine erste Liebesbeziehung endete und mir meine kleine Tochter genommen wurde, verlor ich auch meine Lehrstelle. Die Trickfilmfirma, in der ich eine Lehre begonnen hatte, machte Pleite. Damals herrschte eine große Arbeitslosigkeit und ich schrieb fieberhaft Bewerbungen weit über den Raum Göttingens hinaus. In näherer Umgebung hatte ich kein Glück, aber für drei Stellen bekam ich die Aufforderung, mich vorzustellen. Eine Stelle war die Lehre in einer Kohlengrube in Bochum. In einem Gespräch wurden mir die guten Aufstiegschancen und der gute Verdienst geschildert, aber der Besuch unter Tage, zu dem ich eingeladen wurde, weckte Klaustrophobie und ich beschloss, mich erst einmal weiter umzusehen. Die zweite Einladung zu einem Vorstellungsgespräch kam aus Jülich, beim dortigen Versuchsreaktor konnte ich als Kernkraftwerktechniker ausgebildet werden. In Jülich machte ich nach einem ersten persönlichen Gespräch mit mehreren anderen jungen Männern eine schriftliche Prüfung, teils mit mathematischen Aufgaben, teils mit geometrischen Figuren. In der Meinung, gute Aussichten zu haben, fuhr ich heim. Ich hatte noch einen dritten Termin. In Lübeck hatte ich mich für eine seemännische Ausbildung beworben und wurde dort einer mehr militärischen Prüfung unterzogen. Ohne Kleidung, in einer Reihe mit anderen jungen Männern wurden wir von einem Ärzteteam untersucht. Danach gab es dann eine schriftliche Prüfung. Anschließend wurde gleich das Ergebnis mitgeteilt, ich war angenommen. Da der Bescheid aus Jülich noch nicht eingetroffen war, sagte ich zu. Es waren noch etwa drei Wochen, bis ich meine Ausbildung dort antreten sollte, die auf der Pamir stattfinden würde, und zwar für deren letzte Fahrt, bei der sie unterging. Daheim las ich dann in der Zeitung eine Annonce für eine Lehrstelle als Chemielaborant am Institut für Tierphysiologie der Universität. Mein gutes Zeugnis und eine kurze Prüfung in Mathematik reichten und ich erhielt die Ausbildungsstelle und so konnte ich in Lübeck absagen. Als ich dann die Zusage aus Jülich erhielt, sagte ich auch dort ab und verzichtete auf eine Karriere in der Reaktortechnik.

Der lautlose Flug durch große Zeiträume weckt Grübeleien über die Zeit. Gibt es eine Gegenwart, welchen Raum könnte sie in der Zeit einnehmen? Ich kann mir vorstellen, dass es für uns nur eine Zukunft gibt, während uns die Vergangenheit noch auf den Schultern hockt.

Eine Zukunft in einer Umbruchzeit, hat sie je in der Menschheitsgeschichte so viel Rätsel aufgegeben? Es ist nicht nur die Existenzkrise, die besorgt macht. Die digitale Verarbeitung der Daten erreicht einen Entwicklungsstand, der mehr und mehr unserer Kontrolle entgleitet. Neuste Programme wie ChatGPT werden durch die KI in der Entwicklung so weit vorangebracht, dass sie wohl niemand mehr gänzlich nachvollziehen kann. Ein renommierter Entwickler hat sich mit dem Programm über drei Stunden unterhalten und gab anschließend den Kommentar, das Programm hätte Selbstbewusstsein entwickelt. Viele Fachleute halten dagegen, das Programm würde doch nur Worte der Wahrscheinlichkeit aneinander reihen, um sich einem vorgegebenen Inhalt anzugleichen oder in der Bildsprache bekannte Formen zu Neuem zusammenzuführen. Ich frage, ist unser Denken etwas grundsätzlich anderes? Fest steht, unser Gehirn ist viel energieeffizienter und zurzeit auch noch viel differenzierter. Die intelligenten technischen Systeme stehen aber erst am Anfang einer Entwicklung und es ist zu früh für eine endgültige Beurteilung. Es zeigen sich aber schon grundsätzliche Gefahren. Wirklichkeitsecht komponierte Schriften, Bilder und Filme bringen uns Vertrauensverlust. Welchen Mitteilungen in Wort und Bild können wir noch Glauben schenken? Mir scheint, es entgleitet unserer Kontrolle wie so vieles, dass sich in der Zukunft zu entwickeln scheint. Es werden schon Gesetze vorbereitet, um den Gebrauch dieser Technik einzuschränken. Darin habe ich wenig Hoffnung, denn ist der Geist erst einmal aus der Flasche, ist er zu mächtig, um sich fesseln zu lassen.

Mir scheint, für die Zukunft neige ich zum Pessimismus. Leider bleibt mir kaum so viel Zeit meine ganze Neugier zu befriedigen. Zwar denke ich, die Entwicklung wird sich noch beschleunigen und die Weichen werden noch in diesem Jahrhundert gestellt, aber mit wie viel Jahren oder Jahrzehnten kann ich noch rechnen? Den Tod kann ich als Bestandteil des Lebens akzeptieren, ich wüsste aber doch zu gern, ob meine Einschätzungen nicht so ganz falsch sind. In jungen Jahren habe ich mir kaum Gedanken über eine ferne Zukunft gemacht. Den Wohlstand und die gesellschaftlichen Freiheiten, die ich heute genießen kann, hätte ich gewiss nicht erwartet und auch nicht, wie sehr grade dieser Wohlstand alles Leben auf der Erde gefährden könnte. Zeiten eines einfachen und ärmlichen Lebens habe ich noch erlebt und erfahren, dass so ein Leben durchaus möglich und auch lebenswert ist. Dass unsere Gesellschaft zu so einem Leben zurückkehren kann, glaube ich nicht. Dass sie vielleicht in so ein Leben hineingezwungen wird, halte ich für einen möglichen Ausweg.

Die Eule ist für mich ein vielseitiges Symbol. Ihr scharfer Blick deutet eine radikale

Sicht an, in dem Sinne, zu den Ursprüngen vorzustoßen. Hingegen steht sie auch für Weisheit. Weisheit wendet sich ab vom Absoluten und weitet den Blick zum Gemeinsamen. Die Eule kann ihren Kopf um 180 Grad drehen, so ist es ihr möglich nach vorn und auch nach rückwärts zu schauen.

Von den über acht Milliarden Menschen leben die meisten unter Zwang und Unterdrückung. Die Herrschenden handeln aus Angst, aus Angst vor der Vielfältigkeit der menschlichen Möglichkeiten und versuchen mit Gewalt eine funktionierende Masse herzustellen, die ihrem Willen gefügig ist. Oft gelingt das am besten, wenn man andere Gruppen ausgrenzt. In ferner Vergangenheit waren es Aberglaube und Unwissen, die zur Unterdrückung genutzt wurden. Daraus entstanden Glaubensgemeinschaften, verwurzelt in alten Traditionen, die mit ihren Lehren die Mitglieder unmündig hielten. In heutiger Zeit sind es neben der noch immer existierenden Macht der Glaubensgemeinschaften die politischen und wirtschaftlichen Unterdrückungssysteme. Selbst freiheitliche Demokratien sind nicht ganz frei davon, aber die Repression wird durch Gesetzgebung und Gewaltenteilung eingegrenzt. Allerdings müssen die Freiheitsrechte immer wieder verteidigt werden. Es scheint allerdings so, dass durchaus nicht alle Menschen persönliche Handlungsfreiheit anstreben und lieber Dogmen und festen Vorschriften folgen. Ein anderes Mittel, um Menschen in Unfreiheit zu halten, besteht in der Ausnutzung ihrer Raffgier. Die Flut unnötiger Waren ist einer der Gründe, die zu den heutigen Schwierigkeiten geführt haben. In breiten Schichten scheinen Automobil und sportliche Veranstaltungen einen sehr hohen Stellenwert zu haben. Ängste über den Fortbestand unserer Zivilisation werden durch Gewohnheiten im Alltag verdrängt.

Die schönen Fernreisen, die ich mit meiner Frau gemacht habe, kommen nun für uns nicht mehr in Frage. Vor Jahren haben wir uns noch keine Gedanken darüber gemacht, dass diese Reisen für Personen, denen die materiellen Möglichkeiten offenstehen, den Rest der Menschheit belasten, die sich nicht einmal die wichtigsten Grundlagen zum Überleben leisten können. Wir haben die ganze Welt bereist, wir waren in allen Teilen Europas bis zum Polarkreis, wir waren in Russland und in China, wir waren in Indien, in Neuseeland und einige Male in Nord- und Südamerika. Über Schäden des Erdklimas und Schäden an unberührter Natur haben wir uns damals keine Gedanken gemacht. Wir wussten noch nicht, wie sehr unser Lebensraum bedroht ist, und konnten, da wir es uns materiell leisten konnten, unserer Reiselust unbeschwert frönen. Es ist traurig zu wissen, dass diese Möglichkeiten kommenden Generationen wohl kaum zur Verfügung stehen werden.

Wir können von den Erinnerungen unserer Reisen zehren; von unseren Bergtouren in den Rocky Mountains, vom Grand Canyon, dem Yellowstone Park, dem weiten Land mit den großen Städten und den Zeugnissen vergangener Kulturen im Süden dieses riesigen Kontinents. Auf der anderen Seite der Erdkugel bereisten wir mit einem Wohnmobil die Nord- und Südinsel von Neuseeland, bestiegen Gletscher und fuhren bei stürmischer See auf den Ozean hinaus. In China befuhren wir den Yangtse, bevor die große Staumauer die Schluchten flutete, besichtigten den Kaiserpalast in Peking, die Tonsoldatenarmee und die große Mauer. Seltsamerweise waren mir die Menschen in China sehr vertraut, ihren für mein Gefühl übermäßigen Materialismus kann man wohl aus ihrer Geschichte verstehen.

Die fremde Kultur und die Landschaft in Indien waren ein besonders großartiges Erlebnis, für mich eingetrübt durch die unbeschreibliche Armut in den großen Städten. Das Bewusstsein, privilegiert zu sein und diesen Ärmsten nicht helfen zu können, konnte ich nicht zusammenführen. Ich weiß, in meinem geliebten Afrika gibt es ebenfalls unbeschreibliche Armut und diese hat in der Zeit, in der ich nicht dort war, auch noch sehr zugenommen. Der Unterschied ist, in den Nationalparks, denen meine Reise überwiegend galt, fällt Armut kaum ins Auge und stellenweise kann man etwas helfen. In die großen Notgebiete, wo die Existenz von Millionen bedroht ist, kommen wohl kaum Touristen. Das Schlimmste ist, dass diese Gebiete dem überwiegend von den Industrienationen verschuldeten Klimawandel am stärksten ausgesetzt sind.

Bei komplexen Problemen sehen wir immer nur kleine isolierte Ausschnitte des Gesamtgeschehens, das trifft auch auf mich zu. Trotzdem will ich versuchen, einen kleinen Schritt über den Tellerrand hinauszuschauen, ohne die Vielfalt nur annähernd darstellen zu können. Es herrscht Einigkeit, dass es uns gelingen muss, das Erdklima nicht über 2° C ansteigen zu lassen. Ebenso müssen die nunmehr 8 Milliarden Menschen ernährt und ärztlich versorgt werden. Bei guten Lebensbedingungen könnte die Lebenserwartung eines Menschen zwischen 70 und 100 Jahren liegen. Wie kann es bei Steigerung der Lebenserwartung gelingen das Anwachsen der Erdbevölkerung zu stoppen? In den Jahren zwischen 2010 und 2020 ist die Erdbevölkerung trotz Hungerkatastrophen noch um eine Milliarde angestiegen. So ein Prozess verläuft natürlich nicht linear, aber grob geschätzt wird die 10 Milliardengrenze in absehbarer Zeit erreicht. Eine Stagnation oder Rückgang der Erdbevölkerung brächte auch Schwierigkeiten, es dürften kaum noch Kinder geboren werden und dann müssten die wenigen Heranwachsenden die vielen Alten versorgen. Ein anderes Problem, das mit einer zu großen Weltbevölkerung in Zusammenhang steht, besteht in der Produktion von genügend Lebensmitteln, und unter einem Nahrungsmangel leidet schon zurzeit ein großer Teil der ärmeren Länder. Der weltweite landwirtschaftliche Ertrag wurde in Monokulturen mit Düngemitteln und Wirkstoffen gegen Mikroorganismen, Schadinsekten und

Pilzen gesteigert. Dadurch wurde die Natur in ihrer Vielfalt nachhaltig geschädigt. Es ist kaum zu ermessen, welche Schäden an den Lebewesen im Erdboden und auf der Erdoberfläche angerichtet wurden. Um den durch intensive Bewirtschaftung gestörten Wasserhaushalt zu stabilisieren, werden trockengelegte Moore wieder bewässert. Dort stellt sich dann eine neue Artenvielfalt ein, auch die Mückenschwärme, unter denen man vor einigen Jahrzehnten im Sommer gelitten hat, werden wieder erstarken. Ich erinnere mich, dass ich mich in meiner Jugend manchmal vor Mücken und Fliegen kaum retten konnte. Diese Plagegeister haben aber einen wichtigen Platz im Geflecht des Lebens, auch wenn sie unter den Menschen Krankheiten verbreiten können, Krankheiten, die auch zum Leben gehören. Die Krankheiten bekämpfen wir mit Medizin, wohl wissend, dass es keine Wirkung ohne Nebenwirkung gibt.

Wir sehen die mannigfaltigen Schäden, die wir bereits an der Umwelt angerichtet haben, aber statt alle Kräfte darauf zu richten, Ausweitungen zu vermeiden, geben wir viele Milliarden dafür aus, Raketen in den Weltraum zu schießen, wohl wissend, dass es nie so viel Energie geben wird, um der Menschheit den unvorstellbar großen und für uns lebensfeindlichen Weltraum zu erschließen. Wir wollen zum ungastlichen Mars, der für uns keine Lebensgrundlagen bereithält, und sehen zu, wie unsere Erde langsam für uns unbewohnbar wird.

Grobe Vereinfachungen können nur Tendenzen andeuten, sind aber ein Weg sich verborgene Aspekte zu erschließen. Wir hören so oft von notwendigem Wachstum und unsere Industriegesellschaft scheint darauf angewiesen zu sein. Aber führt nicht unbegrenztes Wachstum zwangsläufig in eine Katastrophe? Zeitlich begrenztes Wachstum ist notwendig, ein Keim wächst zu einem Organismus heran, doch dann muss das Wachstum enden und Zerfall setzt ein. Auch Wirtschaftswachstum kann für eine Zeitspanne erforderlich sein, ungebremst ist es zerstörerisch. Die Autoindustrie ist in westlichen Ländern der größte Arbeitgeber und in der Konkurrenz mit anderen Produzenten muss sie wachsen, das erfordert das eingesetzte Kapital. Die Städte sind bereits von dieser Blechlawine zugeschüttet, die Straßen sind voll geparkt mit Fahrzeugen, die minimal genutzt werden. Da kann man nicht so einfach gegensteuern, es gibt die Fabriken, die Maschinen, die Werktätigen und die Profiteure. Die Erfolgsgeschichte Automobil wird zur Bedrohung, obwohl wir das nicht wahrhaben wollen und diesen Gebrauchsgegenstand sehr in unser Herz geschlossen haben. Ich höre oft, das sind nur Einzelprobleme, die wir in der Zukunft lösen werden, doch es sind so viele, die ineinandergreifen.

Es ist uns nicht möglich, unser Leben nur an Notwendigkeiten auszurichten. Wir leben von dem, was uns in unserer Geschichte über Generationen einprogrammiert wurde. Wir sind nicht nur unserem Denken, sondern auch unseren Trieben ausgeliefert. Sicherlich haben wir enorme Fähigkeiten entwickelt, doch in der Konsequenz handeln wir damit gegen die Natur. Wahrscheinlich gilt für eine gesamte Lebensform, also für die Menschheit, das gleiche wie für einen einzelnen Organismus, er wächst, erreicht ein Maximum und zerfällt, um sich wieder dem Gesamtkreislauf anzuschließen.

Weitere Bücher von Karl-Heinz Haselmeyer

Elitefrauen

Der Roman befasst sich mit dem Phänomen der Zeit verpackt in eine spannende Geschichte. Ein Team von Astronautinnen bricht zu einer Reise ins Universum auf, bei der laut Plan erst die nächste Generation die Erde wieder erreichen kann. Unerklärliche Zeitphänomene ändern alle Reisepläne. Als das ursprüngliche Frauenteam, kaum gealtert, wieder zur Erde zurückkehrt, sind Jahrhunderte vergangen und die Menschheit befindet sich durch technische Verselbstständigung im

Niedergang. Durch den Einsatz der Frauen können die Gefahren, die der Menschheit drohen, abgewendet werden. (Amazon Deutschland, 2017)

Das Fenster zur Evolution

Abenteuer in einer unberührten Natur. Nach einer Umweltkatastrophe existieren die Überlebenden in isolierten Städten und werden kybernetisch mental reguliert. Die Umwelt ist für Menschen tabu. Zur Vorbereitung einer Raumfahrt wird eine Versuchsperson ungeregelt in die Tabuzone gesandt, macht Erfahrungen mit der für ihn neuen Selbstständigkeit und erlebt die von Menschen verschonte Natur. Er muss sich mit wilden Tieren und den Naturgewalten auseinandersetzen und lernt andere Lebensformen sowie Affen kennen, dich sich unabhängig von den Menschen weiterentwickelt haben. (Amazon Deutschland, 2017)

Uropageschichten

Der Urgroßvater erzählt seinen Enkeln von seiner Kindheit und Jugend in der Kriegs- und Nachkriegszeit in Göttingen. Ein warmherziges Jugendbuch, das auch für Erwachsene interessant ist.(Amazon Deutschland, 2017)

Symbiose

In der Gesellschaft nimmt die Tendenz zur Selbstoptimierung zu. Was hat das für Auswirkungen auf die

Persönlichkeit und die menschlichen Beziehungen, wenn ein Mensch durch die Symbiose mit technischen Objekten eine enorme Gedächtniskapazität und eine hervorragende Denkfähigkeit bekommt? In diesem Science Fiction setzt sich Karl-Heinz Haselmeyer kritisch mit den wachsenden Möglichkeiten der Medizin auseinander. (Amazon Deutschland, 2018)

Terroristen

Was wäre, wenn es einer Terrororganistion gelänge, die Herrschaft über den Erdball zu erringen? Könnte man dann dem Ideal der Gewaltlosigkeit treu bleiben oder wäre es nicht Pflicht, sich mit allen Mitteln zu wehren?

Ein junger Gotteskrieger bereist die Erde auf der Suche nach Naturschönheiten und kommt dabei mit den unterdrückten Menschen in Berührung. Er verliebt sich in eine Wildhüterin im Yellowstone Park. Als er erfährt, dass der Beherrscher der Erde eine vernichtende Eruption im Park auslösen und damit wohl alle Bewohner des gesamten Kontinents vernichten will, kämpft er gemeinsam mit den Bewohnern für ihre Rettung auch um den Preis der eigenen Vernichtung.(Amazon Deutschland, 2018)

Der verbotene Planet

Expeditionen zu einem erdähnlichen Planeten scheiterten unter seltsamen Umständen und endeten in einer Katastrophe. Der Planet wurde unter Quarantäne gestellt und jegliche Landung verboten. Die Besatzung eines havarierten Raumschiffes muss auf diesem

Planeten notlanden. Die Überlebenden werden von einem Raumkreuzer gerettet. Das Rettungsraumschiff gerät anschließend insbesondere durch eine mysteriöse Krankheit in Schwierigkeiten. Unter großen Verlusten kann das Geheimnis des verbotenen Planeten geklärt werden.(Amazon Deutschland, 2019)

Interaktiv

Ein Fachmann der „Künstlichen Intelligenz" schildert den Versuch, der Leistung des menschlichen Gehirns nahe zu kommen, und erzählt von den damit verbundenen Problemen. Im Zwiegespräch mit der geschaffenen Apparatur werden wissenschaftliche Themen aus der Teilchenphysik und der Kosmologie sowie zivilisatorische Entwicklungen angesprochen. In kurzer Zeit ist der Rechner seinen Schöpfern überlegen, kann von ihnen nicht mehr kontrolliert werden und geht eigene Wege, was seinen Betreuer in große Schwierigkeiten bringt. (Amazon Deutschland, 2019)

Eisige Höhen

Bei einer unheimlichen Begegnung wird ein normaler Bürger durch Drogen aus seinem einfachen Leben gerissen. Er wird ein gefühlloser Karrierist, dem ein schneller Aufstieg in der politischen Gesellschaft vorgezeichnet ist. Zu spät merkt er, dass er ein machtloses Werkzeug in den Händen einer Verschwörung ist. Vorsichtig versucht er sich daraus zu befreien. Als die Verschwörung aufgedeckt wird, gilt er zunächst als Hauptverdächtiger, wird aber teilweise rehabilitiert.

Was bleibt, sind Scham und Sehnsucht nach seinem einfachen Leben.(Amazon Deutschland, 2020)

Homunkulus

Die alte Geschichte des synthetischen Menschen wird unter modernen Aspekten aufbereitet. Im Vordergrund stehen die Fragen: Was ist Leben und wie ist ein Bewusstsein mit der Erkenntnis und der Intelligenz verknüpft, aber auch, welchen Platz haben Gefühle in diesem Zusammenhang? Fragen, die sich bei weiterem Fortschritt der IT-Forschung wohl einmal stellen könnten. Das geschaffene technische Wesen ist nach kurzer Entwicklungszeit seinen Schöpfern intellektuell überlegen und entgegen allen Erwartungen entsteht eine wechselseitige enge gefühlsmäßige Bindung.(Amazon Deutschland, 2020)

Genderfrei

Nur wenige Menschen konnten einer irdischen Katastrophe entfliehen und leben in einer Höhle hundert Meter unter der Mondoberfläche. Sie suchen einen Neuanfang, ohne in die verhängnisvollen Fehler der Vergangenheit zurückzufallen, die fast zur Vernichtung der Menschheit geführt hatten. Da Sprache das Bewusstsein formt, sollen alle Diskriminierungen im Sprachgebrauch abgeschafft werden. In genderfreier Sprache werden die Nöte und Zwänge der Überlebenden geschildert, denen nur ein Ausweg bleibt, sie müssen versuchen die zerstörte Erde neu zu besiedeln.(Amazon Deutschland, 2020)

Habilitation

In Form einer wissenschaftlichen Habilitationsarbeit wird geschildert, wie nach einer Klimakatastrophe die Manipulationen an der Keimbahn von Menschen mit dem Ziel einer höheren Hitzetoleranz zu einer neuen Spezies führten. Die gezüchteten Thermophilen vermehrten sich stark und es entstanden Probleme des Zusammenlebens. Nach Versuchen, die Venusatmosphäre zu reinigen und die Temperatur dort zu senken, wurden die Thermophilen ausgesiedelt.(Amazon Deutschland, 2021)

Kontakt

Auf der Suche nach außerirdischem Leben stoßen Wissenschaftler auf Signale, die sich von natürlichen abgrenzen lassen. Versuche, diese Signale zu entschlüsseln, scheitern. Ähnlichkeiten mit dem genetischen Code bringen Forscher dazu, die Signale biochemisch in Materie zu überführen. Diese Versuche münden in eine Katastrophe und müssen gewaltsam beendet werden.(Amazon Deutschland, 2021)

Thomas

Die Innen- und Außenwelt eines kritischen Realisten wird gespiegelt in einem Zeitraum von achtzig Jahren. Das Symbol der geistigen Auseinandersetzung ist der „ungläubige Thomas". Zeitgeschehen, Geschichte und Reflexionen wechseln in bunter Folge. Eine sehr persönliche Geschichte. (Amazon Deutschland, 2021)

Bildet Sprache Bewusstsein?

Die künstliche Nachbildung eines neuronalen Cortex ist ein Quantensprung in der digitalen Datenverarbeitung. Damit taucht die Frage auf: kann sich in einem elektronischen Schaltkreis Bewusstsein entwickeln? Eine Arbeitsgruppe in dem Forschungszentrum geht dieser Frage nach. Der Satz: Sprache prägt das Bewusstsein erweist sich als eine falsche Fährte.(Amazon Deutschland, 2021)

Geschenkte Gedanken

Ein Studium an einer Eliteuniversität in den USA und ein Großvater, der die weltanschaulichen Gespräche mit seinem Enkel vermisst und ihm seine Gedanken per E-Mail weiterhin mitteilt. Der Student aus Deutschland findet die Frau seines Lebens und einen guten Freund, aber mit seinem Großvater bleibt er auch in der Ferne eng verbunden. (Amazon Deutschland, 2021)

Gier

Ein von Gier getriebener erfolgreicher Geschäftsmann schildert auf dem Krankenbett seinen Aufstieg und seinen selbstverschuldeten Absturz. Selbst seine schlimmen Erfahrungen können nicht verhindern, dass er später wieder den Verlockungen der Gier erliegt.(Amazon Deutschland, 2021)

Nachwelt

Es ist nicht gelungen die Biosphäre zu stabilisieren, die Menschen mussten sich als letzten Ausweg aus der Natur zurückziehen. In ihrem selbst erwählten Ghetto verlieren sie sich immer mehr in eine imaginäre Traumwelt. Ein junges Paar möchte sich dieser Entwicklung entziehen und bricht auf in eine menschenleere geschädigte Welt. (Books on Demand Norderstedt 2022)

Der Traum von der Zelle

Ein Blick in die nahe Zukunft, in der die emissionsfreie Energieproduktion die Umweltprobleme nicht nachhaltig beheben konnte. Viele Menschen verlieren ihre Lebensgrundlage und strömen in Gebiete, die noch nicht so stark betroffen waren. Dadurch entstehen gefährliche gesellschaftliche Entwicklungen. Ein Wissenschaftler entwickelt eine Methode, um das Schmerzempfinden abzuschalten. Als er sieht, dass seine Erfindung missbraucht werden kann, versucht er auf die Gefahren hinzuweisen, In seinen Vorlesungen

erregt er Aufsehen und Widerspruch. (Books on Demand Norderstedt)

Grenze der Vollkommenheit

Durch einen Kontakt mit einer interstellaren Intelligenz
gerät für einen großen Teil der Menschheit das Leben
in andere Bahnen. Begriffe wie Persönlichkeit,
Intelligenz und Subjektivität müssen neu definiert
werden. Mit einem zweiten Kontakt einer unbekannten
Existenzform wird alles bisherige Leben in Frage
gestellt. (Books on Demand Norderstedt 2022)

Bunkerleben

Vor einem Angriff mit atomaren Waffen können nur
wenige Menschen in sicheren Bunkern Schutz suchen.

Ist in einem Bunker ein Überleben möglich oder ist der
Aufenthalt tief in der Erde nur ein verlängertes
Sterben? Scheinbar in Sicherheit, zeigt sich, wie sehr
der Mensch mit seiner Umwelt verbunden ist.

Im Bunker entstehen menschliche Interaktionen, Menschen sind sehr adaptionsfähig, Isolation und Platz-
mangel können den Überlebenswillen nicht brechen.
Aber die Nahrungsvorräte und künstlich erzeugten
Nahrungsergänzungsstoffe reichen nicht aus. Es bleibt
nur im Bunker zu verhungern oder ihn zu verlassen.
(Books on Demand Norderstedt 2022)

Der Bärentöter

Eine bäuerliche Sippe der Eisenzeit war mit der Geschichte ihrer Vorfahren eng verbunden. In den Erzählungen der Ältesten führten sie ihre Herkunft auf einen steinzeitlichen Jäger zurück und erzählten von Jagden auf Tiere der Frühzeit wie Mammut und Höhlenbär, die längst ausgestorben waren. Ein spannendes Buch, das auch für Jugendliche interessant ist. (Books on Demand, Norderstedt 2022)

Der Hausmeister

Die Erderwärmung hat bei steigendem Meeresspiegeln zu großen Landverlusten geführt, und da außerdem in anderen Zonen durch ausbleibenden Regen fruchtbare Böden in Wüsten verwandelt wurden, ist weltweit die Nahrungsmittelproduktion eingebrochen. Große Teile der Weltbevölkerung mussten ihre Wohngebiete aufgeben und hungern. In dieser Notsituation haben radikale nationalistische Tendenzen in den noch bewohnbaren Gebieten starken Auftrieb erhalten und sich zu militanten Gruppen zusammengeschlossen. Neben den bedrohten Lebensbedingungen der Menschheit geraten auch die demokratischen Freiheiten der Menschen durch Terror und Angst in Bedrängnis. Ein junger Journalist, der sich für die Demokratie einsetzt, gerät in den gefährlichen Fokus der Nationalisten. (Books on Demand Norderstedt 2023)

© 2023 Karl-Heinz Haselmeyer
Herstellung und Verlag: BoD – Books on Demand,
Norderstedt
ISBN: 9783757806484